Uwe Goeritz

Ein Pflaster für die Seele

Bibliografische Information der Deutschen Nationalbibliothek:

Die Deutsche Nationalbibliothek verzeichnet diese Publikation in der Deutschen Nationalbibliografie; detaillierte bibliografische Daten sind im Internet über http://dnb.dnb.de abrufbar.

© 2018 Uwe Goeritz

Coverfoto: Marion Jana Goeritz

Herstellung und Verlag: BoD – Books on Demand, Norderstedt

ISBN: 978-3-7460-7947-9

Inhaltsverzeichnis

Ein Pflaster für die Seele

„Bloß keinen Arztroman." denkt sich Luisa, die Heldin dieser Geschichte, und ist doch schon mitten drin. Oder etwa nicht? Doktor Peters scheint genau ihr Fall zu sein. Wäre sie doch nicht so schüchtern und könnte auf ihn zu gehen. So bleibt ihr nur, in seinem Vorzimmer zu sitzen und auf den Blick seiner Augen zu warten. Gibt es da für sie die Hoffnung auf ein Happy End? Oder eher nicht?

Sämtliche Figuren, Firmen und Ereignisse dieser Erzählung sind frei erfunden. Jede Ähnlichkeit mit echten Personen, ob lebend oder tot, ist rein zufällig und vom Autor nicht beabsichtigt.

1. Kapitel

Tagträumerei

Luisa schaute auf die Tür, die sich gerade hinter ihm geschlossen hatte. Sie stützte den Kopf in die Hände und wartete darauf, dass Doktor Peters wieder heraus kommen würde. Sie war gerade zweiundzwanzig geworden und erst seit ein paar Wochen hier als Sprechstundenhilfe in seinem Vorzimmer. Heute war nicht viel los und so konnte sie sich die Zeit zum Träumen nehmen. Er war sicher nur ein paar Jahre älter als sie und in seinen himmelblauen Augen konnte sie sich verlieren. Irgendwas klingelte, aber sie ignorierte es, sie bat darum, dass er etwas vergessen hatte und noch mal zu ihr heraus kam.

„Luisa? Träumst du?" rief jemand hinter ihr und sie schreckte auf. Hinter ihr stand Marion, ihre Freundin und MTFA im Labor. Sie griff an Luisa vorbei, hob das Telefon ab und meldete sich mit „Praxis Doktor Peters, Schwester Marion." Luisa schüttelte ihre blonde Mähne und griff zum Hörer, um das Gespräch fortzusetzen. Sie suchte den Termin heraus und beantwortete alle Fragen, dann legte sie auf und sagte „Danke." zu ihrer Freundin. Marion nickte und sagte „Möchtest du auch einen Kaffee? Ich wollte gerade welchen kochen?" Luisa nickte und rief der Freundin hinterher „Mache einen für den Doktor mit!" schon war Marions dunkler Zopf im Schwesternzimmer verschwunden.

Wieder drehte sich Luisa zur Tür hinüber. Sie war nun einen Spalt geöffnet. Hatte der Doktor ihre Unaufmerksamkeit bemerkt? Die kleine rote Lampe blinkte, also telefonierte der Doktor gerade und sie durfte den nächsten Patienten noch nicht zu ihm hereinschicken. Erst wenn das Licht auf grün umsprang konnte sie die alte Frau Müller zu sich rufen. Marion tauchte mit zwei Tassen wieder bei ihr auf „Soll ich die rein bringen?" fragte sie, nachdem sie einen Kaffee vor Luisa abgestellt hatte und die zweite Tasse in der Hand behielt. Luisa sprang auf und fast hätte sie der Freundin die Tasse aus der Hand gerissen, dann ging sie leise zur Tür und drückte diese auf.

Der Mann stand am Fenster und telefonierte mit dem Rücken zu ihr. Durfte sie ihn stören? Das Gespräch schien wichtig. Zu viele fremde Begriffe tauchten darin auf, also stellte sie die Tasse einfach mitten auf den Tisch und verschwand genauso leise wieder. Die Schuhe mit den Gummisohlen machten so gut wie kein Geräusch, hatten nur den Nachteil, dass sie dafür sorgten, dass sich Luisa bei jedem Schritt über den Teppichboden auflud und immer einen Stromschlag bekam, wenn sie danach eine Türklinke anfasste.

Das kribbelte dann immer genauso, wie es sie durchzuckte, wenn er ihr in die Augen sah. Kaum hatte sie ihren Tisch wieder erreicht, hörte sie ein Poltern aus dem Arztzimmer und einen Schrei „Schwester Luisa!" sie sprang wieder auf und lief zurück. Im Umdrehen hatte der Doktor mit dem Telefonkabel die Tasse umgerissen und ein kleiner brauner See machte sich auf dem Tisch breit. Sie hechtete über den Tisch und riss die Patientenakten an sich, auf die gerade der Kaffee zufloss. Dabei landete sie aber mit dem Bauch direkt in der heißen Flüssigkeit. Als sie wieder aufstand war der Schreibtisch fast trocken, doch ihr Kittel hatte einen riesigen braunen Fleck bekommen.

Mit ein paar Taschentüchern wischte sie die Platte ab und legte dann die Akten zurück. „Danke." sagte der Doktor und Luisa brachte nur ein kurzes „Entschuldigung." heraus, dann sah sie an sich herunter. Alles war nass. „Sie können jetzt Frau Müller zu mir schicken." sagte er und hielt

Luisa die leere Tasse hin. Fast wäre sie rot geworden und als sie zur Tasse griff funkte es gewaltig. „Aua!" rief Luisa und zog die Hand zurück. Die Tasse landete im Eimer neben dem Schreibtisch, in den sie gerade die Taschentücher geworfen hatte. Schnell bückte sie sich und verschwand, mit der Tasse in der Hand, nach draußen. „Frau Müller." rief sie noch, dann huschte sie in den Waschraum.

Der Fleck ging zwar aus dem Kittel raus, doch nun war er nass und sie würde einen anderen brauchen. Auch das weiße T-Shirt, welches sie darunter getragen hatte, hatte einen kleinen braunen Kaffeefleck bekommen, doch darum konnte sie sich auch später noch kümmern. Erst kam die weitere Arbeit. Mit dem nassen Kittel in der Hand ging sie zum Schwesternzimmer hinüber, wo sie ihn über die Heizung zum Trocknen hängte. Dann holte sie ihren Reservekittel aus dem Schrank und zog ihn über. „Was war den los?" fragte Marion, die gerade in das Zimmer kam „Kleiner Kaffeeunfall." sagte Luisa lachend und zog sich ihre blonden Haare hinten mit einem Haarband zusammen.

„Na gut. Hätte ich mal lieber den Kaffee reingebracht." entgegnete Marion und ging wieder nach draußen. Luisa sah ihr nach. Mit den schweren Schuhen hätte der Doktor sie bestimmt gehört und wäre aufmerksamer gewesen, oder war er einfach nur so sehr in das Gespräch vertieft gewesen, dass er auch das nicht gemerkt hätte? Wieder öffnete sich die Tür und der Doktor betrat den Raum „Diesmal hole ich mir meine Kaffee selbst. Nicht dass es noch ein zweites Unglück gibt." sagte er mit einem Lächeln, dass Luisa einfach zurückstrahlen musste. Doch die Kaffeemaschine war leer. „Ich mache schnell neuen." rief sie und eilte zum Schrank, als er schon die Schranktür öffnete. Wieder berührten sich ihre Hände und wieder bekam Luisa eine gewischt, dass sie zusammenzuckte.

„Sie sind ja heute ganz schön geladen!" sagte der Doktor und schüttelte seine Hand. „Wir sollten heute wohl etwas Abstand halten." setzte er mit einem Schmunzeln hinzu und ging wieder nach draußen. Schnell kochte Luisa den Kaffee und brachte dann eine Tasse in sein Zimmer, die sie demonstrativ auffällig direkt vor seine Nase setzte. „Danke." sagte er und schon war sie wieder draußen an ihrem Tisch. Wieder sah sie auf die Tür und begann erneut zu träumen.

2. Kapitel

Freundinnen

Langsam wurde es in der Praxis leer. Auch Marion war schon verschwunden. Sie hatte nur bis Mittag in ihrem Labor zu tun gehabt. Eigentlich verdankte Luisa diesen Job hier der Freundin. Nach der Schwesternschule hatte sie etwas gesucht und Marion hatte ihr gesagt, dass die alte Schwester in Rente ging. Sie hatte sich beworben und den Arbeitsplatz erhalten. Marion war drei Jahre älter und arbeitete nun schon diese Zeit hier im Labor. Eigentlich kannten sie sich noch von der Schule und ohne die Freundin hätte Luisa wohl nicht die Schwesternschule gewählt. Aber nun gefiel es ihr. Früher hatte sie ja mal Sekretärin werden wollen, so im feinen Kleid zum Diktat zu gehen und Gäste empfangen, das war so das gewesen, was sie sich als Arbeit vorgestellt hatte, das war aber schon lange her und nun dachte sie daran, dass sie ja nun ganz etwas ähnliches machte.

Das Kleid war nicht ganz so schick, wie sie beim über den Kittel streifen feststellte, aber der Rest war genau das, was sie schon immer gewollte hatte. Schreibmaschine schreiben, Briefe aufsetzen und Gäste empfangen. In ihrem Falle waren die Gäste eben Patienten, aber wen störte das schon. Manchmal kam man sogar mit der einen oder anderen Frau in ein kurzes Gespräch. Zumindest an Tagen wie diesem, wo nicht so viel los war und Frau Müller, die fast achtzig Jahre alte Oma aus dem Nachbarhaus, ihr die Fotos ihrer Enkel zeigte, während sie auf den Arzt warten musste. Es gefiel ihr ganz gut und noch besser gefiel ihr der Doktor! Doch sie konnte sich manchmal nicht vorstellen, dass er sie überhaupt wahrnahm. Als Teil der Büroausstattung schon, aber als Mensch? Als Frau?

Eigentlich wusste sie nicht viel von ihm. Und das Meiste davon hatte ihr auch noch Marion erzählt. Dass er gern Fahrrad fährt, jeden Tag zur Arbeit joggt und Mittwochabend zum Yoga geht. Doch noch mehr hatte sie noch nicht erfahren. Es stand auch kein Bild von Frau und Kindern auf seinem Schreibtisch, also schien er noch nicht vergeben zu sein. Jedoch machte sie sich weder aus Radfahren, noch aus Joggen und schon gar nicht aus Yoga etwas. Sie seufzte an ihrem Schreibtisch und sah auf die immer noch geschlossene Tür. Der letzte Patient war gerade drin und würde sicher auch der letzte bleiben. Es war ja auch schon gegen 19 Uhr. Eigentlich hatte die Praxis schon seit einer Stunde zu, aber manchmal kam noch schnell ein Notfall herein und dann ging es etwas länger. Heute jedenfalls blieb die Außentür geschlossen. Stattdessen öffnete sich die Tür des Behandlungszimmers und der letzte Patient trat an ihren Tisch.

Sie suchte noch schnell den nächsten Termin heraus und der alte Mann verabschiedete sich. Nachdem sich der Ausgang hinter ihm geschlossen hatte ging Luisa zur Tür und schloss ab. „Feierabend." dachte sie und hörte das Klappern aus dem Schwesternzimmer. Uschi, die zweite Laborschwester, kam ihr von dort mit fliegenden Mantel entgegen. „Endlich heim." rief sie „Meine Kinder warten schon." Die beiden Schwestern nickten sich zu und dann war sie mit dem Doktor in den Räumen der Praxis alleine. Sie löschte das Licht im Wartezimmer und ging zum Schwesternzimmer hinüber.

Die Frau zog den Kittel aus und sah wieder den Kaffeefleck auf dem T-Shirt. Wieder musste sie schmunzeln bei dem Gedanken, wie sie über seinen Schreibtisch gehechtet war, nur um die Akten zu retten. Sie hängte den Kittel in ihren Schrank und zog sich um. Das verschmutzte Hemd würde sie gleich noch in die Waschmaschine stecken und vielleicht wäre es gut, immer eines zum Wechseln in der Praxis zu haben. Man konnte ja nie wissen. Langsam und in Gedanken schloss sie Knopf für Knopf der schönen Bluse mit den großen Blumen, die ihr die Mutter zum letzten Weihnachtsfest geschenkt hatte.

Morgen war ja ihr freier Tag, vielleicht würde sie die Mutter dann mal wieder besuchen. Sie wohnte am anderen Ende der Stadt und ohne Auto brauchte man da fast eine Stunde bis hin. Noch ein prüfender Blick in den Spiegel an der Innenseite der Schranktür, dann machte sie die Tür zu und schloss ihren Schrank ab.

Plötzlich stand der Doktor hinter ihr in dem Raum „Sie haben doch morgen frei?" fragte er, als ob er das nicht schon wissen würde. Luisa nickte „Können wir uns da nicht gegen 15 Uhr im Café hier unten im Haus treffen?" fragte er und sie brachte nur ein „Gern." heraus, dann war er auch schon wieder verschwunden und sie hörte die Ausgangstür ins Schloss fallen. Sie stand noch eine ganze Weile so da und dachte daran, was da gerade passiert war. „Ist das eine Einladung zu einem Date?" fragte sie sich selbst leise, dann dachte sie darüber nach, wie lange er wohl schon dort gestanden hatte. Innerlich erschrak sie, weil sie sich doch dort umgezogen hatte. Aber war er so indiskret gewesen, sie dabei zu beobachten? Sie hoffte es nicht und ging noch eine Kontrollrunde durch die Praxis. Sie prüfte, ob alle Fenster verschlossen und alle Geräte ausgeschaltet waren. Wie jeden Tag war sie die letzte und schließlich setzte sie sich im Behandlungszimmer auf seinen Stuhl und dachte an den nächsten Tag. Fast zärtlich strich sie über die Tischplatte. Die Aufregung war mehr als deutlich zu spüren, sogar ihre Hände zitterten etwas bei dem Gedanken an den nächsten Tag.

Luisa erhob sich wieder und ging aus dem Zimmer. Sie legte noch einen Zettel für Uschi auf ihren Platz, die sie morgen hier vertreten würde und dann löschte sie das Licht im Flur.

Es war weit nach zwanzig Uhr, als sie endlich bei sich zu Hause angekommen war. Der Weg von der Praxis zu ihr nach Hause war eigentlich gar nicht so weit, wenn man durch den Park gegangen wäre. Aber zu dieser Zeit wollte sie diese Abkürzung lieber nicht nehmen und so war sie außen herum gegangen. Auch einen schnellen Besuch in dem kleinen Laden an der Ecke hatte sie noch machen können, kurz bevor dieser geschlossen hatte.

Endlich zu Hause auf dem Sofa musste sie unbedingt Marion noch anrufen. „Morgen 15 Uhr habe ich ein Date mit dem Doc." rief sie erfreut in das Telefon und Marion antwortete „Echt? Wie hast du das den gemacht? Da bin ich mal ein paar Stunden nicht da und dann so was." „Vielleicht war mein Sprung auf den Tisch ja der Auslöser gewesen. Beinahe wäre ich ja auf seinem Schoß gelandet." antwortete Luisa lachend.

Als sie dann später aufgelegt hatte dachte sie wieder an den folgenden Tag. Sie würde nicht zu ihrer Mutter fahren. „Was ziehe ich nur an?" fragte sie sich laut und ging zum Schrank. Bis tief in die Nacht hinein suchte sie nun etwas für das Treffen mit dem Doktor.

3. Kapitel

Einmal Affe und zurück

Sie zog sich die Augenbrauen nach. Fast war es perfekt. Seit mehr als drei Stunden war sie im Bad. Luisa prüfte ihr Auftreten in allen Spiegeln von allen Seiten. Er hatte sie ja schließlich in ein Café eingeladen. Die Zeiger der kleinen Uhr im Bad näherten sich der magischen Zeit und sie wollte ihn ja nicht warten lassen. Das grüne Kleid war weder zu kurz noch zu lang. Das Haarband hatte die richtige Farbe und die Ohrringe passten auch. Nun nur noch die hochhackigen Schuhe und die Handtasche, beides in der Farbe zum Kleid passend. Noch ein letzter Blick, dann warf sie sich das kurze schwarze Jäckchen über, dass ihr ganzer Stolz und von einer berühmten Modemarke war.

Auf dem kurzen Weg zu dem kleinen Café hatte sie den Eindruck, dass sich alle Männer zwischen siebzehn und siebzig nach ihr umdrehten. Also war es vermutlich wirklich perfekt geworden. Sie betrat den kleinen Raum, aber er war noch nicht da. „Verdammt. Zu früh!" dachte sie sich, denn der Auftritt war doch das wichtigste. Sollte sie noch eine Runde gehen? Doch gerade, als sie sich zum Gehen umdrehte, betrat er hinter ihr den Raum. Er hatte T-Shirt und eine alte Jeans an. Unter dem Arm trug er ein paar Akten. Fast war sie enttäuscht und er sagte „Schwester Luisa, haben sie heute noch was vor? Ich hätte sie ja fast nicht erkannt!" beinahe wären ihr die Gesichtszüge entglitten. „Schwester Luisa" hallte es in ihrem Kopf wieder „Schwester?" hatte sie sich verhört?

Er ging zu einem Tisch und bat sie mit einer Handbewegung zu sich. „Zwei Kaffee!" rief er der Bedienung zu und klappte den Ordner auf. Der Unterschied hätte nicht größer zwischen ihnen sein können. Er, in legeren Sachen, mit Arbeit in der Hand, sie, zum Feiern bereit und mit einem solch kurzen Kleid, dass das Setzen auf dem Stuhl nicht so einfach gewesen war. „Dann lassen sie uns mal über den Arbeitsablauf in der Praxis reden." begann er und sah sie wieder an. „Arbeitsablauf?" dachte sie und ihr klappte der Unterkiefer herunter, doch er schien es nicht zu merken. Sein Finger zog schon über das Blatt.

Der Kellner brachte die beiden Kaffee und versuchte mit ihr zu flirten, doch Luisa war gerade alles vergangen. Die nächste Stunde redete der Doktor fast ununterbrochen und sie antwortete nur mit ein paar „Ja" auf seine Fragen. Das war Zuviel für sie und als er dann gegangen war, saß sie noch eine halbe Stunde auf dem Platz. Der Kellner versuchte alles, sie nun seinerseits zu einem Date herum zu bekommen, doch Luisa nahm sein Werben um ihre Aufmerksamkeit nur am Rande wahr. „Ich Idiot." brachte sie nur hervor, erhob sich und ging, ohne einen Blick nach rechts oder links, nach Hause.

Am Abend saß sie in ihrer alten Jogginghose und dem ausgebeulten T-Shirt auf dem Sofa und sah mehr nebenbei Fern. Noch immer drehten sich ihre Gedanken um diesen Nachmittag, als es klingelte. Sie ging zur Tür und öffnete für Marion, die sofort fragte „Na wie war dein Date?" doch Luisa winkte ab. „Frag nicht. Ich habe mich so zum Affen gemacht!" stellte sie fest, als sie wieder auf dem Sofa saß und die Freundin sich neben sie setzte. „Erzähle! Ich will alle schmutzigen Details wissen!" drängte Marion sie. „Ich kann ihm nie wieder unter die Augen treten!" begann Luisa und setzte dann fort „Ich habe drei Stunden im Bad gebraucht. Sogar die Beine habe ich mir rasiert und er wollte über die Organisation der Praxis reden." „Das ist nicht dein Ernst?" fragte Marion ungläubig. Doch Luisa nickte nur.

„In meinem Outfit hätte ich jeden herum bekommen können. Der Kellner hat ewig um mich herum getanzt. Und beim Doktor war nichts! Gar nichts! Kein Wort, kein Blick! In meinem kurzen Kleid." dabei zeigte sie auf das winzige grüne Stück Stoff, dass immer noch am Schrank hing. „Das war so peinlich! Ich muss morgen krank machen!" setzte sie hinzu und Marion schüttelte den Kopf „Das bekommt der doch raus und dann gibt es Ärger. Der merkt doch, dass du schummelst!" „Kannst du morgen nicht sagen, dass ich mir den Fuß beim Tanzen verknackst habe und einen Tag frei brauche?" fragte Luisa die Freundin und diese nickte „Wenn dir das hilft!" setzte sie hinzu. „Danke dir. Ich muss da erst mal etwas Zeit vergehen lassen." seufzte Luisa und sah wieder zum Kleid hinüber.

Marion stand auf und nahm das Kleidungsstück vom Schrank. Dann hielt sie es sich an. „Und das hat der ignoriert? Der ist doch nicht etwa schwul? Oder was?" „Dann hätte er wenigstens so etwas wie schönes Kleid, wo bekommt man das, oder ein toller Stoff gesagt." stellte Luisa resignierend fest. Marion schüttelte den Kopf und hängte das Kleid zurück. Dann setzte sie sich neben die Freundin. Mit Chips und Rotwein wurde nun Ferngesehen. Schließlich war der Film alle. „Warum hast du eigentlich nicht gesagt, dass du später noch tanzen gehen willst? Es war doch dein freier Tag." fragte Marion, als sie aufstand und sich zur Tür wendete. Luisa stand auch auf und überlegte „Vielleicht wäre das gegangen. Ich hätte dort die Hand ausstrecken können und die Kerle wären vor mir auf die Knie gefallen." „Alle, bis auf einen." sagte Marion und Luisa seufzte nur.

„Denke an meine Entschuldigung." sagte Luisa und Marion fragte „Wirklich?" doch Luisa nickte nur. Dann gingen sie den Flur entlang. „Was machst du jetzt noch?" fragte Marion an der Wohnungstür stehend und Luisa antwortete „Ich lege mich mit einer Flasche Champagner in die Wanne und denke daran, was nicht passiert ist." „Du hast Champagner im Haus? Du hast wohl mit allem gerechnet!" stellte Marion fest „Ja. Mit fast allem." seufzte Luisa wieder „Und seit gestern Abend habe ich sogar Kondome im Nachtschränkchen."

Die Freundin schüttelte den Kopf „Du musst mal wieder unter Leute! Du bist doch nicht mehr im Schwesternwohnheim." stellte Marion fest. „Kann sein. Aber nicht mehr heute! Eine Abfuhr am Tage reicht mir." erklärte Luisa und öffnete die Tür. Beide Freundinnen drückten sich und wenig später lag Luisa mit einem Glas in der Hand im warmen Wasser der Badewanne.

Leise Musik kam aus dem Radio und ein paar Kerzen brannten auf dem Wannenrand. „Mist! Das hätte so schön sein können." schimpfte sie und leerte die Flasche Glas für Glas.

4. Kapitel

Die eingebildete Kranke

D er Wecker ließ seinen kläglichen Ton hören und Luisa schlug mit der Hand darauf. Viel hätte nicht gefehlt und er wäre an der Wand zerschellt. Mürrisch sah sie auf das Ziffernblatt. Wollte sie an diesem Tag nicht zu Hause bleiben? Marion würde sie entschuldigen und sie hatte nur den Wecker vergessen. Ihr Kopf tat ihr weh und sie drehte sich noch einmal im Bett um. Selbst wenn sie gewollt hätte, im Moment konnte sie nicht aufstehen. Die Reste des Champagner kreisten noch durch ihren Körper und das meiste davon durch ihren Kopf. Alles drehte sich und ihr wurde schlecht. Jetzt musste sie doch das Bett verlassen und sauste in das Bad, was sie gerade noch rechtzeitig schaffte, um sich in das Toilettenbecken zu übergeben und so den letzten Rest von dem Alkohol loszuwerden.

Da sie nun schon hier war, räumte sie erst das Bad auf und ging dann unter die Dusche. Das kalte Wasser holte sie wieder zurück und mit einem starken Kaffee, den sie dann im Bademantel und mit einem Handtuch um den Kopf in der Küche trank, ging es ihr dann auch wieder gut. Sie suchte sich ihre Freizeitkleidung und warf sich im Schlabberlook auf das Sofa. Wieder fiel ihr Blick auf das grüne Kleid und die peinlichen Momente des Vortages kamen wieder hoch. Wie hatte sie nur eine Sekunde daran glauben können, das dieser Doktor was von ihr gewollt hatte! Von ihr grauen Maus! Oder etwa nicht? Sie war viel zu unsicher gewesen und hatte sich vermutlich viel zu viele Hoffnungen und Wünsche in das Treffen hinein gelegt.

Sie hätte heulen können, wenn es etwas genutzt hätte. Stattdessen zog sie nur die Decke um sich und setzte sich mit unter den Körper gezogenen Beinen einfach dort hin. Was sollte sie mit diesem Tag machen? Aus dem Haus gehen kam natürlich nicht für sie in Frage, wenn sie da jemand sehen würde, dann wäre sie sofort mit ihrer fingierten Krankmeldung überführt. Blieb also nur das Sofa! Neben ihr stand der kleine Schrank, in dem auch die Bücher standen. Sie zog eines heraus und dabei rutschte ein altes Fotoalbum nach. Es fiel zu Boden und klappte auf. Auf dem Foto war Marion zu sehen. Es musste in der Schule aufgenommen worden sein. Obwohl die Freundin ja drei Jahre älter war, und damit auch drei Klassen über ihr gewesen war, waren sie doch schon damals Freundinnen gewesen. Mit der Älteren war sie immer zur Disco gegangen und hatte dann immer geschimpft, dass sie gehen musste, während Marion noch bleiben durfte.

Schön war es gewesen, trotz alledem. Sie hob das Album auf und blätterte weiter. Das Bild ihres ersten Freundes tauchte auf. Warum war das noch da drin? Sie hatte gedacht, dass sie alle seine Bilder in einem Wutanfall vernichtet hatte, als er sie mit einer anderen betrogen hatte. Da war sie gerade mal fünfzehn gewesen und Marion, für sie unerreichbar fern, schon auf der Schwesternschule. Langsam blätterte sie weiter, aber da waren keine Bilder von Freunden mehr. War das damals wirklich ihr letzter Freund gewesen? Zumindest der letzte feste! Danach gab es höchstens mal einen Kuss. Und das seit mehr als sieben Jahren schon! Sicherlich war sie deshalb sofort darauf angesprungen, als der Doktor sie eingeladen hatte. Vielleicht sollte sie Marions Rat wirklich annehmen und mal wieder mit der Freundin zum Tanzen gehen!

Geräuschvoll klappte sie das Album zu und schob es in das Regal zurück. Sie nahm den halb gelesenen Roman, doch lesen wollte sie nun auch nicht mehr. Das Buch landete wieder im Schränkchen und sie versuchte zu schlafen, doch so am hellen Tag fand sie keinen Schlaf. Schließlich ging sie in Socken in die Küche und machte sich einen Tee. Das Wasser kochte und sie ließ es in eine Tasse mit einem Kräuterteebeutel laufen. Dann drehte sie sich um und wollte zurück zum Sofa, als es an der Tür klingelte und Luisa hin schlurfte. Das konnte nur Marion sein, doch als sie die Tür aufschloss stand der Doktor vor ihr „Ich wollte nur schnell einen Krankenbesuch machen. Wie geht es ihrem Fuß?" fragte er und Luisa fühlte sich ertappt „Schon besser. Morgen bin ich wieder da." sagte sie und wurde rot. „Wollen sie reinkommen?" fragte sie und wusste selbst nicht warum, doch er nickte. Sie humpelte vor ihm her. Das hatte sie mal in einem Film so gesehen. Dann saß sie auf dem Sofa und er betastete ihren Knöchel. „Alles Gut. Nur geprellt." sagte der Doktor und verabschiedete sich wieder. Luisa begleitete ihn wieder bis zur Tür.

Dort sagte er „Haben sie nicht vorhin mit dem anderen Fuß gehinkt?" und sie wurde rot bis über die Ohren. Sie biss sich auf die Lippe und dachte „Ertappt!" dann sagte er „Das ist bestimmt ein Kompensationshinken. Wenn der eine Fuß zu einseitig belastet wird, dann kann so etwas passieren. Aber morgen sind sie wieder da?" sie nickte, dann war er wieder weg und Luisa schloss die Tür. Dann sah sie sich selbst in dem Spiegel an der Tür. „Verdammt." entfuhr es ihr. Sie sah schrecklich aus. Zerzauste Haare und die ältesten Sachen, die sie hatte. „Na wenn das kein Kontrastprogramm ist." dachte sie und schaute zu dem Kleid vom Vortag, dass immer noch am Schrank hing. Aber für einen Krankenbesuch war es vermutlich die richtige Kleidung gewesen. Luisa ließ sich wieder auf das Sofa fallen.

Sie dachte wieder an ihren Tee. Der musste nun mittlerweile gut sein und so stand sie auf und ging zur Küche zurück. Wieder klingelte es. War er wieder zurückgekommen? Mit der Tasse ging sie zur Tür, doch diesmal war es wirklich Marion, die nach der Arbeit noch schnell bei ihr vorbei kam. „Ich habe dir Eis mitgebracht." sagte sie „Zum Fuß kühlen, oder zum Seele beruhigen?" fragte Luisa „Schokoladeneis!" sagte Marion und ging zur Küche, um zwei Löffel zu holen. Wenig später saßen sie auf dem Sofa und leerten zusammen den großen Napf mit dem Eis. „Er war gerade da." begann Luisa „Wer?" entfuhr es Marion „Na er!" sagte Luisa und nahm wieder einen Löffel Eis. „Und?" fragte Marion und Luisa sah, dass sie erschrocken die Augen aufgerissen hatte. „Ich habe vorbildlich gehinkt!" sagte Luisa und sie sah, wie erleichtert die Freundin war. „Aber morgen bin ich wieder auf Arbeit." sagte sie schließlich bei der Verabschiedung im Flur.

5. Kapitel

Ein medizinischer Notfall?

Ein neuer Tag und neue Arbeit in der Praxis. Diesmal war so viel los, dass sich Luisa keinen Augenblick ablenken lassen durfte. Die Tür der Praxis ging auf und zu. Es war, als wäre irgendwo eine Epidemie ausgebrochen und sie die einzige Praxis weit und breit. Überall war Husten und Nießen zu hören. Das schien gar kein Ende zu nehmen und Luisa war seit Stunden nicht von ihrem Platz aufgestanden. Selbst die Akten zum Arzt hineinbringen übernahm diesmal Uschi, weil Luisa einfach nicht von dem Platz hochkam. Als sich dann doch das Wartezimmer endlich etwas lichtete, brachte Uschi ihr einen Kaffee, den ersten seit Stunden!

Nachdem der letzte Patient das Zimmer des Doktors verlassen hatte, schaute er heraus und fragte „War das der letzte?" und Luisa antwortete geschafft „Das hoffe ich doch." Dann schaute sie wie gebannt auf die Tür, so als wolle sie durch ihren Blick verhindern, dass sie sich jemals wieder öffnete. Der Doktor nickte und verschwand wieder.

Endlich konnte Luisa die Tür schließen und alle Schwestern trafen sich dann bei ihr am Schreibtisch „Was für ein Tag!" stöhnte Marion. Alle anderen konnten ihr da nur beipflichten. Schließlich öffnete sich die Tür vom Behandlungszimmer und Doktor Peters trat zu ihnen. Er war schon umgezogen und hatte seine Sportsachen an. Offensichtlich wollte er dann noch mit seinem Rad nach Hause fahren, denn den Radhelm hatte er auch schon in der Hand. „Denken sie alle daran, morgen den Impfausweis mitzubringen. Morgen Vormittag ist ja ihre halbjährliche Untersuchung für den Gesundheitspass." sagte er und mit einem „Schönen Abend noch." War er auch schon aus der Tür verschwunden. „Impfausweiß?" fragte Luisa und Marion nickte „Den muss ich erst mal suchen." sagte Uschi und so ging es vermutlich auch den anderen. „Das kommt immer so überraschend." stellte Marion lachend fest und kramte in ihrer Handtasche, dann hob sie das gelbe Buch hoch. „Gefunden!" sagte sie und steckte ihn wieder weg.

„Macht er da wirklich alle Untersuchungen?" fragte Luisa, die ja noch nie dabei gewesen war und Uschi nickte im Gehen. „Ja." sagte auch Marion und holte ihren Mantel im Schwesternzimmer ab. Eine nach der anderen verließ das Zimmer und ging aus der Praxis, bis zuletzt Luisa die

Tür wieder verschloss. Langsam ging sie die Straße entlang zu ihrer Wohnung zurück. Beim letzten Mal, noch im Schwesternwohnheim, hatte Doktor Müller die Untersuchung gemacht. Der fast sechzig Jahre alte Arzt hatte doch auch sicher den Impfausweis kontrolliert. Sie konnte sich nur nicht daran erinnern, dass er ihn ihr wieder zurückgegeben hatte. Der musste doch irgendwo sein. Bloß wo? Es begann eine wilde Suche in ihrer Wohnung, bis sie das kleine Büchlein endlich gefunden hatte. Schließlich legte sie ihn auf den Küchentisch, wo sie ja am Morgen beim Frühstück daran denken musste. Dann dachte sie an die Untersuchung zurück. Im Schwesternwohnheim war das alles reine Routine gewesen. Keine fünf Minuten hatte es gedauert und sie war wieder draußen gewesen. Wie würde das am nächsten Tag sein?

Die Praxis war ja bis Mittag geschlossen und so konnte sich Doktor Peters mit der Untersuchung Zeit lassen. Nach Uschi und Marion war dann endlich Luisa dran. Sie betrat das Behandlungszimmer und der Doktor sagte, ohne von seiner Akte aufzusehen, „Machen sie sich schon mal frei." „Alles?" fragte Luisa verwirrt zurück und der Mann sah zu ihr auf „Nein. Nur die Bluse." Dann sah er in den Impfausweis, den sie ihm hingehalten hatte. „Hier sieht alles gut aus." sagte er und klappte das kleine Buch wieder zu. Dann sah er zu ihr auf und Luisa suchte immer noch einen Platz für die Bluse „Die können sie auf den Stuhl legen." sagte der Mann und deutete auf das Möbelstück vor seinem Tisch. Schnell entledigte sie sich des Kleidungsstückes und blieb einfach stehen. Der Arzt stand auf und begann sie zu umrunden. Er tastet die Wirbelsäule ab und fragte alles Mögliche zur medizinischen Vorgeschichte, da er sie ja noch nicht so lange kannte. Da stand sie nun, praktisch halbnackt, vor ihm und war froh, dass sie nicht dabei rot wurde, während er sie abtastete. Bei Doktor Müller war das alles ganz anders gewesen. Da hatte sie noch nicht mal das T-Shirt ausziehen müssen. Schließlich holte der Mann das Stethoskop und begann sie abzuhören. „Ihr Herz rast ja so. Nehmen sie irgendwelche Medikamente?" fragte er zwischen zwei Stellen, an denen er sie abhörte. „Nein." gab Luisa zu wissen.

„Setzten sie sich mal auf die Liege." sagte er und holte ein Blutdruckmessgerät. Dann machte er die Manschette fest und drückte auf den Startknopf. Es begann zu Piepsen, startete und zog sich um ihren Arm zusammen. Immer länger dauerte das Brummen und er sah mit zusammengezogenen Augenbrauen auf die immer höher werdende Zahl. Endlich begann das Piepsen der

Messung. „Na so was." sagte er, nachdem die Luft wieder aus dem Schlauch entwichen war. „Das sieht aber gar nicht gut aus." bemerkte er und drehte das Gerät so herum, das Luisa die Zahlen sehen konnte. „182 zu 115" sagte sie erschrocken und der Mann nickte. „Gibt es in ihrer Familie irgendwie Probleme mit dem Herzen?" fragte er besorgt und sie dachte nach „Mein Onkel Klaus ist vor Jahren an einem Herzinfarkt gestorben." stellte Luisa schließlich genauso besorgt fest. Der Doktor kramte in seinem Schubfach herum und holte ein kleines Buch hervor. „Nehmen sie das Gerät mit heim und schreiben sie mal eine Woche lang die Werte hier rein. Zweimal am Tag messen. Einmal abends und einmal morgens." erklärte er und sie zog sich die Bluse wieder an. „Sonst ist alles in Ordnung. Die nächste bitte." sagte er noch und vertiefte sich in die nächste Akte, während Luisa aus dem Zimmer ging und das Gerät zu ihrem Schrank trug. Dort verstaute sie es in ihrer Handtasche.

„Und?" fragte Marion, die gerade in das Zimmer kam „Der Blutdruck." sagte Luisa sorgenvoll. Doch Marion schüttelte den Kopf „Du halbnackt mit dem Doc in einem Zimmer und er betastet dich. Da würde es mich wundern, wenn dein Blutdruck normal gewesen wäre." stellte sie amüsiert fest. „Meinst du wirklich?" fragte Luisa fast erleichtert, doch die Freundin nickte. „Ich werde das mal heute Abend prüfen." sagte Luisa und steckte das Buch in die Handtasche „Aber nicht vorher an den Doktor denken." sagte Marion mit gespielten Ernst und erhobene Zeigefinger. Beide Frauen lachten.

6. Kapitel

Der Zusammenprall

Luisa schreckte aus dem Bett hoch. Der Wecker hatte versagt. Er war auf vier Uhr stehen geblieben, aber draußen war es schon hell. Wie spät mochte es sein? Sie drehte sich zur Tür und sah die Hälfte der Uhr im Wohnzimmer. Die Zeiger näherten sich acht Uhr und um diese Zeit musste sie die Praxis auch schon öffnen. Zwar würden die ersten Patienten erst gegen neun kommen, aber die anderen Schwestern mussten schon vorher im Labor arbeiten. Wie vom Blitz getroffen sprang sie aus dem Bett, rannte in das Bad und warf auf dem Weg dorthin schon ihr Nachthemd zur Seite. Duschen und Zähneputzen wurde gleichzeitig absolviert und wenn der Föhn wasserdicht gewesen wäre, so hätte sie auch den mit unter die Dusche genommen. Nach nicht einmal fünfzehn Minuten schlug die Wohnungstür hinter ihr zu. So richtig angezogen war sie noch nicht, aber das konnte man ja unterwegs noch machen!

Während sie sich die Bluse zuknöpfte lief sie schon die Treppe hinunter und stürmte aus dem Haus. Mit wehenden Mantel und fliegenden Haaren rannte sie auf dem kürzesten Weg durch den Park. Zwischen den Bäumen war schon das Haus zu sehen und unten stand Marion davor, die nicht in das Gebäude hinein konnte. Luisa hatte ja den Schlüssel zur Eingangstür in der Tasche. Sie zog ihre Handtasche nach vorn und kramte im Lauf nach dem Praxisschlüssel. Sie hatte ihn gerade gefunden, als es hinter ihr quietschte. Erschrocken fuhr sie herum und sah ein Fahrrad auf sie zukommen. Es war zu spät, um auf die Seite zu springen und so prallte der Radfahrer mit ihr zusammen. Sie fiel um und es wurde schwarz vor ihren Augen.

Als sie die Augen wieder aufschlug, lag sie auf dem Rücken. Doktor Peters kniete über ihr und um sie herum standen eine Menge Menschen. Vorsichtig richtete sie sich auf und bemerkte, dass die Bluse offen stand und der Doktor ziemlich besorgt schaute. Auch Marion kniete neben ihr. „Da bist du ja wieder." sagte die Freundin sichtlich erleichtert. Neben ihr lag ein Fahrrad und der Doktor hatte noch seinen Helm auf. „Sie waren einen Moment weg. Ich musste sie gerade wiederbeleben." sagte der Mann und gab ihr die Hand, damit sie aufstehen konnte. „Bin ich mit ihnen zusammen geprallt?" fragte sie und er nickte „Entschuldigung." sagte Luisa und knöpfte sich die Bluse zu „Mein Fehler." sagte der Mann und griff sich sein Fahrrad. „Tut ihnen etwas weh?" fragte er besorgt und Luisa schüttelte den Kopf. Marion hielt ihr die Handtasche hin und Luisa schaute sich nach dem Schlüssel um, den sie gerade noch in der Hand gehabt hatte. Aber der war nirgendwo zu sehen. „Der Schlüssel!" sagte sie verzweifelt und alle fingen an, den Bund mit dem Schlüssel zu suchen.

Rings um sie herum waren ein paar kleine Büsche. Vermutlich war der Schlüssel dort hinein gefallen. „Der muss doch hier sein. So weit kann der doch nicht fliegen." sagte Uschi und zog am nächsten Busch. Die drei Schwestern suchten nun gemeinsam den Bereich ab. Etwas klirrte und Luisa drehte sich um „Gefunden!" rief Uschi, die den Schlüssel hoch hielt. Nun konnten sie zur Tür der Praxis gehen und dort aufschließen. Der Doktor hatte sein Rad in den Keller geschoben und kam nun zu ihnen „Und ihnen tut wirklich nichts weh?" fragte er noch einmal zur Sicherheit, doch Luisa schüttelte den Kopf. „Im Moment noch nicht." sagte sie und schloss die Tür auf. In dem Schwesterzimmer zog sie sich um und sah, dass der Mantel vom Gras vollkommen ruiniert war. Der Rücken des hellen Kleidungsstückes war komplett in grün. Auch der Rock schien etwas davon abbekommen zu haben.

38

Sie hängte die Sachen in den Schrank und Marion kam zu ihr. „Na wie war es, seine Lippen auf den deinen?" „Immer, wenn was Schönes passiert, bin ich nicht da." sagte Luisa fast weinerlich. „Da habe ich dir wohl die blauen Flecke hier zu verdanken?" fragte sie und zeigte auf ihre Brust „Tut mir leid, aber du hattest auch einen Herzstillstand und wir haben uns das geteilt." „Danke dir. Ich habe überhaupt nichts mitbekommen. Ich war einfach zu spät dran." „Kein Problem. Wir lernen das ja immer wieder und diesmal habe ich es auch anwenden können." sagte Marion und hielt ihr den Kittel hin. Dann war Luisa alleine in dem Zimmer. Sie sah sich im Spiegel an und dachte an den Moment des Zusammenpralls.

Zum Glück war gerade jemand da gewesen, der ihr helfen konnte. Das hätte auch schlimmer ausgehen können. Der Doktor steckte wieder seinen Kopf durch die Tür und noch bevor er etwas fragen konnte sagte sie „Alles in Ordnung. Nur ein paar blaue Flecke." Doch er winkte ab. „Ich will mir das trotzdem noch mal anschauen. Uschi übernimmt ihren Platz und sie kommen dann noch mal in mein Behandlungszimmer." Sie nickte und er verschwand. Als sie das Zimmer betrat, erhob er sich und kam auf sie zu „Tut mir leid, ich habe sie wirklich nicht gesehen." sagte er zur

Entschuldigung und begann sie abzutasten. Als er ihren Ellenbogen in die Hand nahm zuckte sie vor Schmerz zurück. „Aua." sagte sie nur und er zeigte auf die Liege. „Ziehen sie mal das T-Shirt aus." Etwas umständlich zog sie sich das Kleidungsstück über den Kopf und sah den blauen Fleck an ihrem Arm. „Ist wohl nicht so schlimm. Oder?" fragte sie und er begann ihren Arm zu untersuchen. Erst jetzt konnte sie mit einem Male den Arm nicht mehr bewegen, gerade eben ging das noch ganz ohne Problem.

„Ich muss mal noch den Rest untersuchen. Ziehen sie mal die Hose aus." sagte er und sie versuchte sich die Hose auszuziehen, doch mit einem Arm ging das nicht so wirklich. „Soll ich ihnen helfen?" fragte er und sah wie sie rot wurde. Dann nickte sie und er half ihr dabei. In Unterwäsche saß sie nun vor ihm und der Mann kontrollierte ihren restlichen Körper. Doch der blaue Fleck am Arm war der einzige Schaden, den sie davon getragen hatte. „Ich schreibe sie trotzdem für diesen Tag krank. Kühlen sie den Arm." sagte der Doktor und setzte sich wieder. „Und meine Hosen?" fragte sie ihn und er kam noch mal zu ihr zurück, um sie wieder anzuziehen. Schließlich war sie wieder draußen und ging in das Schwesternzimmer zurück. Marion schaute zu ihr herein und fragte was los war. „Ich bin für heute krankgeschrieben. Das war so peinlich." sagte Luisa und Marion war sofort neben ihr „Erzähle!" forderte sie die Freundin auf.

„Er hat mich ausziehen müssen, weil ich das nicht selber konnte und ich bin auch noch rot dabei geworden." begann Luisa und schloss den Schrank wieder auf „Ich habe mir zwar schon gewünscht, dass er mich mal auszieht. Aber so?" beendete sie den Satz und nahm ihre Sachen heraus. „Vielleicht musst du wirklich mal mit mir tanzen kommen." sagte Marion und drückte die Freundin zum Abschied. Luisa nickte zustimmend. Dann verließ sie die Praxis.

7. Kapitel

Tanz in die Nacht

Es hatte ewig gedauert, bis Marion es geschafft hatte, sie zu überreden nun doch mal mit zum Tanzen zu kommen. Doch an diesem Freitag sollte es nun endlich geschehen. Nun blieb eigentlich nur noch die Kleiderwahl übrig. Sollte sie das kurze, grüne Kleid wählen? Nach dem Desaster mit dem Doktor wollte sie es eigentlich nicht mehr anziehen, doch es war nun mal ihr schönstes Stück im Schrank. Unschlüssig nahm sie es heraus, hängte es zurück und nahm es wieder hervor. „Soll ich, oder soll ich nicht?" fragte sie sich laut und beschloss, es doch anzuziehen. Es waren noch ein paar Stunden, bevor Marion sie holen wollte und so ging sie erst mal in das Bad, um sich danach, in den Bademantel gehüllt, auf das Sofa zu setzen und auf die Uhr zu sehen. Schon ewig war sie nicht mehr in einer Disko gewesen. Eigentlich das letzte Mal mit Marion in der Schule.

Als die Zeit ran war zog sie sich das Kleid an und drehte sich, mit den Schuhen in der Hand, vor dem Spiegel im Flur. Es klingelte und die Freundin stand vor der Tür. „Und?" fragte Marion, doch sie sah schon die Aufregung in Luisas Augen blitzen. „Wird schon!" sagte die Freundin und Luisa zog die Schuhe an. Noch ein Blick und dann liefen sie die Treppe hinab. Marions kleines, rotes Auto stand vor der Tür. Zusammen fuhren sie eine ganze Weile und Luisa machte sich schon Gedanken darüber, wie sie wohl wieder nach Hause kommen würde. Bestimmt mit einem Taxi, denn sie wollte ja nicht der Freundin den Spaß verderben und mitten in der Feierlaune anfangen zu quengeln. Noch wusste sie ja nicht, wie es da so war. Vielleicht gefiel es ihr ja am Ende sogar.

Marion bog auf den Parkplatz ein und die Sonne ging gerade hinter dem Haus unter. Zusammen liefen sie zum Eingang und der Türsteher ließ sie sofort durch. Mit dem kurzen Kleid war das auch kein Wunder gewesen. Noch war nicht viel los in dem Raum. Es spielte eine leise Musik, sozusagen zum Ankommen. Vermutlich würde es später dunkler und lauter hier drin werden. Zumindest war das früher bei der Disko in der Schule so gewesen. Je später der Abend desto dunkler der Saal. Bevor es dann ganz dunkel gewesen war, hatte sie immer gehen müssen. Nur Marion hatte bleiben dürfen und davon geschwärmt. Knutschen, Kuscheln, Jungs und streicheln!

Sie suchten sich einen kleinen Tisch und setzten sich so, dass sie die Tanzfläche und den Eingang im Blick hatten. „Wann hast du denn das letzte Mal getanzt?" fragte Marion und sah vermutlich an Luisas Gesichtsausdruck die Antwort. „Bevor es zu voll wird sollte ich das noch mal üben." sagte Luisa und Marion antwortete „In diesem Kleid brauchst du dich bloß an eine Säule stellen und wirst sofort belagert werden. Das Tanzen verlernt man nicht." dann winkte sie einen Kellner heran und bestellte zwei Cocktails „Zum Auftauen." sagte sie und sie stießen damit auf den Abend an. Als die Musik dann etwas lauter wurde tanzten die beiden Freundinnen, in momentaner Ermangelung von Männern, erst mal ein paar Runden zusammen, doch schon bald wurde es noch dunkler und viel lauter. Die ersten Männer betraten den Saal und orientierten sich erst mal. Das bedeutete aber noch nicht, dass sie auch tanzen wollten.

Es hatte dann erst eine ganze Weile gedauert, bis Marion einen Tanzpartner für sich gefunden hatte und Luisa sich an ihrem Cocktail fest hielt. Dann kam ein Mann auf sie zu und sagte „Kennen wir uns nicht?" Luisa zog schon mal die Augenbrauen hoch. „So ein blöder Spruch zum Anmachen!" dachte sie. Woher sollte sie den Mann denn kennen? Aus der Praxis? Wohl eher nicht, da hätte er sie sicher nicht erkannt. Sie sah jetzt vollkommen anders aus. Schließlich fragte sie einfach „Und woher?" der Mann zeigte auf das Kleid. „Eine Frau in solch einem Kleid vergisst man nie wieder." er sah vermutlich ihren fragenden Blick und setzte daher schnell hinzu „Ich bin Ramon. Der Kellner aus dem Café. Wo ist denn dein Freund?" „Kein Freund. Ich bin mit meiner Freundin hier." sagte Luisa, die den Mann nun erkannt hatte.

„Willst du tanzen?" fragte er „Darum bin ich hier!" antwortete sie mit einem Lachen, trotz ihrer Schüchternheit, und ließ sich auf die Tanzfläche führen. Die nächsten drei oder vier Stunden tanzten sie fast ununterbrochen, mal enger zusammen, mal weiter auseinander, bis Luisa sich nicht mehr auf den Schuhen halten konnte. Zusammen zogen sie sich in eine Ecke zurück, wo sie sich auf ein kleines Sofa fallen lassen konnte und die Schuhe auszog. Sie zog die schmerzenden Füße unter den Körper und nun hatten sie auch etwas mehr Ruhe zum Erzählen. Hier war die Musik nicht ganz so laut. Sie redeten fast wie alte Freunde. Für ein paar Momente war vergessen, dass sie bisher kaum einen Mann ansprechen konnte.

Ein Cocktail nach dem anderen fand seinen Weg auf das kleine Tischchen vor den zweien und die Stimmung stieg langsam mit dem Alkoholpegel in ihrem Blut. Schließlich fragte Ramon, ob sie gehen wollten und Luisa antwortete „Warum nicht! Ich sage nur Marion Bescheid." dann ging sie Barfuß zu ihr hinüber, während er bezahlte und dann mit ihren Schuhen in der Hand am Eingang auf sie wartete. Der Alkohol hatte die letzten Hemmungen bei ihr hinweg gewischt. Die kalte Luft auf dem Platz vor der Disko sorgte dann auch nicht dafür, dass sie wieder nüchtern wurde, sondern die beschwingte Stimmung blieb bei ihr zurück.

Sie fühlte sich gut. Sein Auto stand auf dem Parkplatz. Als er ihr die Wagentür aufhielt folgte die obligatorische Frage „Zu dir? Oder zu mir?" und Luisa überlegte kurz. Wenn sie zu ihm ging, konnte sie immer noch schnell verschwinden. Bei ihr hätte sie ihn dann hinaus werfen müssen. Also sagte sie kurz „Zu dir!" und setzte sich hinein. Er schloss die Tür und setzte sich neben sie. Es folgten ein langer Blick und ein kurzer Kuss, dann ließ er das Auto an. Sie fuhren aber gar nicht weit. Schon kurz darauf hielten sie vor einem hohen Wohnhaus an.

Luisa hatte die Schuhe in der Hand. Sie hatte sie nicht wieder anbekommen und so stieg sie auch aus. Es folgte ein längerer Kuss im Dunkel des Einganges. Doch plötzlich dachte sie daran, dass das das erste Date war und da sollte es ja normalerweise beim Küssen bleiben, auch wenn seine Hände schon den Saum ihres Kleides suchten. Schließlich sagte sie „Gute Nacht." und schob ihn von sich. Er war ziemlich irritiert, akzeptierte es aber. Sie trat einen Schritt von ihm weg und sah plötzlich, aus der Dunkelheit heraus, ein Pärchen, dass Hand in Hand die Straße entlang ging. Sie erkannte den Doktor der lachend mit einer gut gebauten Blondine die Straße entlang lief.

Ihre Gedanken fingen an Kreise zu ziehen und sie malte sich aus, was da wohl noch passieren würde. Dann drehte sie sich um und sah Ramon an, der gerade die Tür aufschloss. Kurz entschlossen lief sie die zwei Schritte zu ihm zurück, küsste ihn und zog ihn in das Haus. Überrascht ging Ramon auf sie ein.

8. Kapitel

Morgen des Grauens

Sie schlug die Augen auf und brauchte erst ein paar Momente, um zu begreifen, wo sie war. Neben ihr auf dem Nachtisch lag eine aufgerissene Packung Kondome. Sie drehte sich zur anderen Seite und sah den schwarzen Haarschopf eines Mannes. Sie erinnerte sich an Ramon und versuchte sich aufzurichten, doch für einen Moment wurde ihr schwindelig. „Wie viele Cocktails waren denn das?" fragte sie sich in Gedanken und griff sich an den Kopf. Es dauerte eine Weile, bis der Raum zur Ruhe kam. Da saß sie nun nackt in dem Bett und hatte nicht mehr viele Erinnerungen an den Abend zuvor. Das sprach nicht unbedingt für den Mann. Oder fehlte ihr da nur der Vergleich, weil das letzte Mal so lange her gewesen war?

Ramon begann sich zu bewegen. Vielleicht hatte er ihre Bewegung gespürt und war davon wach geworden. Luisa zog sich die Bettdecke hoch und versuchte sich, so gut es ging, zu verhüllen. Der Abend zuvor war etwas anderes gewesen. Jetzt war sie wieder nüchtern. Zumindest fast. Was hatte sie nur in die Arme dieses Mannes getrieben? Hatte sie sich nicht schon verabschiedet gehabt? Doch dann fiel ihr wieder dieses Bild ein: der Doktor, lachend mit der anderen Frau! Hand in Hand! Deshalb war sie hier! Wollte sie es ihm heimzahlen? Nur was? Was hatte sie in dieses Bett getrieben? Vielleicht der Alkohol! Ramon strich ihr über den Rücken und fragte „Hast du gut geschlafen?" und sie nickte. Wenigstens hatte er nicht gefragt „Wie war ich?" oder so was ähnliches. Dann hätte sie ihn anlügen müssen. „Willst du einen Kaffee?" fragte er weiter und wieder nickte sie nur.

Als er aufstand fragte sie „Wo ist das Bad?" und er zeigte ihr die Richtung. Sie wartete, bis er verschwunden war. Dann sammelte sie ihre Sachen auf, die vor dem Bett verstreut lagen und ging in das Bad. Sie schloss die Tür hinter sich und drehte den Schlüssel um. Was war da bloß passiert? Das würde sich nie wiederholen dürfen. Zumindest nicht mit Ramon! Sie sah zwei benutze Kondome im Eimer liegen „Na wenigstens daran hat er gedacht." seufzte sie und versuchte sich daran zu erinnern, aber es fiel ihr nichts dazu ein. Sie legte die Sachen auf den Waschtisch und drehte das warme Wasser der Dusche auf. Dann schaute sie sich nach Seife oder Duschgel um, fand aber nur etwas mit der Aufschrift „For Men - Sport." sie roch daran und verzog das Gesicht, da sie aber nichts anderes fand, musste sie es nehmen.

Das warme Wasser versuchte die Spuren der Nacht von ihrem Körper zu waschen, aber nun roch sie so, wie Ramon am Abend zuvor. Seltsam, an seinen Duft konnte sie sich erinnern. An alles andere nicht! Sie trocknete sich ab, aber einen Föhn gab es hier auch nicht. Also versuchte sie ihr Haar trocken zu rubbeln, doch durch das Duschgel waren ihre Haare viel zu widerspenstig geworden. „Mist!" sagte sie nur, als sie sich im Spiegel sah. Dann zog sie sich wieder an. Das Haar band sie sich mit einem Gummi zum Pferdeschwanz zusammen. Das war die einzige Variante, wie es einigermaßen nach Frau aussah. Sie schloss die Tür wieder auf und folgte dem Klappern von Geschirr.

Ramon stand mit freiem Oberkörper und in einer Jogginghose in der Küche. Er nahm zwei Tassen und stellte sie auf den Tisch. Wortlos trank Luisa den Kaffee aus. Er war stark und gut. Genau das Richtige um wach zu werden. Sie hielt ihm die leere Tasse wieder hin und ihre Augen trafen sich. Luisa wich seinem Blick aus und begann, während er den Kaffee in ihre Tasse nachfüllte, „Es war schön." log sie „Aber es wird sich nicht wiederholen." er nickte wortlos und gab ihr die Tasse zurück „Ich fand es auch schön." sagte er und fast hätte sie ihn nach den Details der Nacht gefragt. Doch sie trank den Kaffee aus und stand auf. „Soll ich dich heim bringen?" fragte er und sie schüttelte den Kopf „Danke. Ich nehme mir ein Taxi." dann gab sie ihm einen Kuss auf die Wange und war aus der Wohnung raus.

Unten vor dem Haus beschloss sie, zu Fuß in ihre Wohnung zu gehen. Einige Menschen waren schon auf der Straße und Luisa stellte fest, dass es gar nicht so weit bis zu ihr nach Hause war. Nach einer halben Stunde war sie in ihrer Wohnung und stellte sich mit ihrem Duschgel unter die eigene Dusche. Eine weitere halbe Stunde später roch sie nach Passionsfrucht und das Haar war auch wieder ordentlich geföhnt. Sie sah wieder auf das Kleid, dass nun auch noch die Erinnerung an diese letzte Nacht trug. Für die nächsten Jahre würde es bestimmt im Schrank bleiben. Aber erst mal musste der Zigarettenrauch wieder aus dem Stoff heraus.

Stunden später klingelte es an dem Hauseingang und Marion stand mit einem kleinen Päckchen vor der Wohnungstür „Erdbeerkuchen. Machst du Kaffee?" fragte sie und ging an Luisa vorbei zur Küche. „Und wie war es?" fragte sie, nachdem sie den Kuchen auf zwei Teller gelegt hatte. „Frag nicht!" sagte Luisa mit den beiden Tassen in der Hand. „So schlimm?" fragte Marion „Keine Ahnung. Ich kann mich an nichts erinnern." entgegnete Luisa „Kompletter Filmriss?" „Nicht wirklich. Nur von der Nacht fehlt mir alles. Ich kann mich bis vor das Bett erinnern und dann erst wieder von heute früh." „So schlimm?" doch Luisa zuckte nur mit den Achseln „Weiß nicht. Also auch sicher nicht besonders. Oder?" fragte Luisa unsicher. „Wenn du dich nicht daran erinnern kannst, dann bestimmt." entgegnete Marion und ging mit dem Kuchen zum Sofa hinüber. Luisa folgte mit dem Kaffee.

„Ich glaube, ich habe es nur gemacht, weil ich ihn gesehen hatte." begann Luisa und Marion fragte zurück „Wen?" danach begann Luisa den ganzen Abend noch mal zu erklären, während sie den Kuchen zusammen verspeisten. Es wurde ein Nachmittag mit Gesprächen über Männer und Luisa stellte fest, wie wenig sie wusste und wie erfahren doch die Freundin war.

9. Kapitel

Vergleiche hinken immer!

Es war der Montag und Luisa stand, den Mantel im Arm, im Flur der Praxis. Sie suchte den Lichtschalter und schaltete die Beleuchtung ein. Etwas war anders. Die Tür des Behandlungszimmers war offen. Am Freitag hatte sie diese doch fest verschlossen und sie war die letzte gewesen. Waren da Einbrecher gewesen? Doch alles andere sah ordentlich aus. Sie legte den Mantel auf ihren Tisch und schaute vorsichtig in den Raum hinein. Alles schien in Ordnung. Vielleicht war der Doktor noch mal hier gewesen. Nur er und Luisa hatten einen Schlüssel. Sie betrat den Raum und sah sich um. Irgendwie war es hier unordentlich und das, wo Luisa doch alles immer sorgfältig an seinen Platz stellte. Sie ging um den Schreibtisch herum und schob den Stuhl wieder zurück vor den Tisch.

Neben dem Computer befand sich ein Bild, das da vor dem Wochenende noch nicht gestanden hatte. Luisa nahm es hoch und erkannte die Frau, die sie am Freitagabend mit dem Doktor, Hand in Hand, gesehen hatte. Wieder schaute sie die Frau an und nun viel genauer, als sie es in der

Dunkelheit hatte machen können. Eigentlich hatte sie diese Frau nur für eine Minute gesehen. Nun schaute sie sich das Bild viel intensiver an. Luisa begann sich mit ihr zu vergleichen und konnte dabei nur verlieren. Diese Frau auf dem Bild war so ganz dass, was sich Männer wünschten. Als Model würde sie sicher auch als Engel im Bikini eine gute Figur machen. Langsam stellte sie das Bild zurück. Sie sah sich weiter um. War er mit ihr hier gewesen? Die Liege war auch verschoben. Hatte er mit ihr auf dieser Liege...? Sie verwarf den Gedanken sofort wieder und räumte alles im Zimmer wieder so, wie es stehen sollte.

Wenig später saß sie umgezogen hinter ihrem Empfangstresen und wartete auf die ersten Patienten. Auch die Schwestern trafen alle nacheinander ein. Der Doktor dann ebenfalls. Er pfiff ein Lied und nickte ihr zu, während er in sein Zimmer ging. So gut gelaunt hatte sie ihn noch nie gesehen. Vermutlich hatte er ein tolles Wochenende gehabt. Bei der Frau! Der Tag begann und der Trubel der Arbeit mit ihm. Gegen Mittag tauchte auch die andere Frau in der Praxis auf „Ist er drin?" fragte sie mit einer angenehmen, melodischen Stimme und zeigte auf die Tür des Doktors. Luisa nickte nur und schon war die Frau hinein gehuscht. Es dauerte eine ganze Weile und das Licht blinkte rot. „Nicht stören!" hieß das und in Luisas Gedanken kreisten schon wieder Bilder, die da nicht wirklich hingehörten. Was machte er da drin? Das Zimmer war ja schalldicht!

Es dauerte mehr wie eine halbe Stunde, bevor sich die Tür wieder öffnete. Die Frau trat heraus richtete ihre Kleidung und schüttelte ihr Haar mit der Hand auf. Dann gab sie dem Doktor einen Kuss und war auch schon wieder verschwunden. Der Doktor ließ die Tür offen und ging pfeifend zurück zu seinem Schreibtisch. Von dort rief er „Der Nächste bitte!". Nachdem der folgende Patient bei ihm drin und die Tür zu war, fragte Marion, die in der Tür des Schwesternzimmers gestanden hatte „War sie das?" und Luisa nickte „Mann oh Mann. Was für eine schöne Frau!" stellte Marion bewundernd fest und sah zu Luisa „Du darfst dich nicht mit ihr vergleichen. Da verlierst du nur!" sagte Marion und Luisa seufzte. „Gegen die habe ich doch nur die Chance eines Eiswürfels in der Wüste!" stellte Luisa resignierend fest.

„Da ist es nachts ziemlich kalt!" erklärte Marion und machte es damit für Luisa nur noch schlimmer „Ja. Nachts. Wenn es dunkel ist! Da habe ich meine Chance! Aber wenn er das Licht anmacht, dann rennt er schreiend weg!" beendete

Luisa das Gespräch und die Freundin musste zurück in das Labor. Luisa schaute zur Praxistür und hatte damit praktisch schon mit dem Doktor abgeschlossen. Das Zimmer des Arztes ging auf und er kam an ihren Tisch. Da war er wieder! Der Blick aus diesen Augen, der sie in ihn hinein zog. Er übergab ihr einen Brief und ihre Hände berührten sich. Wieder zuckte sie zusammen, doch diesmal nicht wegen Funkenflug sondern einfach nur so. „Ich brauche davon zwei Kopien." sagte er und sie antwortete „Gern." dann blieb sie sitzen. „Möglichst gleich." sagte der Mann wenig später, während er immer noch vor ihr stand. Aber sie konnte sich nicht von ihm und ihrem Platz losreißen. „Schwester Luisa? Jemand zu Hause?" fragte er und ging kopfschüttelnd zurück in sein Zimmer.

Sie eilte nun zu dem Kopierer und drückte auf den Knopf „Eine oder Zwei?" fragte sie sich und drückte noch mal auf die Taste. Mit den beiden Blättern ging sie zurück, aber er war nicht in seinem Zimmer. Also ging sie zu seinem Tisch und legte sie dort ab. Dabei fiel ihr Blick wieder auf das Bild der Frau und nun stand ein zweites Bild daneben. Der Doktor mit ihr. Er umarmte sie und dahinter standen zwei ältere Menschen. Es könnten seine Eltern sein. Zu ähnlich sah ihn der alte Mann. Also hatte er sie am Wochenende bestimmt seinen Eltern vorgestellt und sie hat ihm das Bild gerade vorbei gebracht. „Dagegen habe ich keine Chance!" dachte Luisa und ging zur Tür. Gerade als sie den Raum verlassen wollte, kam der Arzt zurück und sie wären fast in der offenen Tür zusammen geprallt. „Ich habe die Blätter auf ihren Schreibtisch gelegt." sagte Luisa und versuchte nicht in seine Augen zu sehen, denn sonst würde sie sich nicht wieder bewegen können. „Danke." sagte er und machte ihr Platz.

Wieder saß sie grübelnd an ihren Computer. Sie sah zur geschlossenen Tür und wusste, dass sie diesen Mann niemals haben konnte. Doch was der Kopf schon wusste, das hatte das Herz noch nicht gefühlt. Es krampfte sich zusammen. Für einen Moment stiegen Tränen auf, die sie schnell herunter schluckte. Frau Müller hatte es dennoch gesehen „Kindchen, was ist denn los? War der Doktor nicht lieb zu ihnen?" fragte die alte Frau und Luisa lächelte sie an. „Alles gut." doch tief in ihr dachte sie nur „Wenn sie wüssten!"

10. Kapitel

Eiskalte Hand

Frau Müller hatte gerade die Praxis verlassen und Luisa schaute ihr noch einen Moment hinterher. So hatte sie sich immer eine Großmutter vorgestellt. Leider hatte sie ihre eigenen Großmütter nie kennen gelernt. Plötzlich hörte sie den Doktor rufen „Schwester Luisa?" die alte Frau hatte die Tür zum Behandlungsraum offen gelassen und nun stand Luisa auf und ging zur Tür hinüber. „Ja?" fragte sie und der Doktor schaute von seinem Platz auf. Er winkte sie mit der Hand zu sich und begann „Sie wissen ja, das wir hier viel Publikumsverkehr haben und ich daher auf gesunde Mitarbeiter großen Wert lege." „Ja?" fragte Luisa und sah ihn an. Was wollte er nur? Alle Werte waren doch in Ordnung und der Blutdruck hatte sich auch wieder normalisiert.

„Wann waren sie denn das letzte Mal beim Frauenarzt?" fragte er und sie merkte, wie sie bis über die Ohren rot wurde. „Das ist schon eine Weile her." stammelte sie und war froh, dass er sie gerade nicht ansah. „Ich werde einen Termin machen." sagte Luisa und ging wieder zu ihrem Platz zurück. Wenig später kam Marion aus dem

Labor und ging an ihr vorbei zum Aufenthaltsraum. Vor Luisa blieb sie stehen. „Wie siehst du
denn aus? Du glühst ja." „Man, war das wieder
peinlich." begann Luisa und erzählte der Freundin über das Gespräch mit dem Doktor.

„Wann warst du denn das letzte Mal?" fragte
Marion nach „Vor mehr wie fünf Jahren. Aber
ich brauche nichts und die Pille nehme ich auch
nicht. Warum soll ich da hin gehen?" Marion
nickte „Da ist doch aber noch etwas. Oder?" fragte sie und Luisa nickte „Da fühle ich mich so
ausgeliefert und dann hatte Doktor Mertens immer so kalte Hände." immer noch zuckte Luisa
dabei zusammen. „Ich gehe zu Frau Doktor Os-
cha. Ich suche dir mal die Nummer raus." sagte
Marion und verschwand im Aufenthaltsraum.
Wenig später wählte Luisa die Nummer und bekam schon für die folgende Woche einen Termin.
„So schnell?" dachte sie, als sie auflegte. Sie
würde dann ihren freien Tag dazu benutzen. „Eine Frau? Warum nicht." dachte sie sich und
brachte Marion die Karte mit der Nummer zurück.

Eine Woche später machte sich Luisa in einem leichten Sommerkleid, das eigentlich noch
nicht wirklich zum Wetter des Frühsommers

passte, auf den Weg. Es war auch gar nicht weit. Wohl fühlte sie sich nicht dabei. Doch es musste eben sein. Wieder dachte sie an die kalten Hände von Doktor Mertens und wieder schüttelte es sie. Und das lag nicht am kalten Wind des Tages. Langsam stieg sie die Treppe hinauf und betrat die Praxis, die fast so aussah, wie die eigene. Im Warteraum saßen schon drei andere Frauen und so setzte sie sich einfach mit hin und wartete geduldig.

Es dauerte ewig und als nur noch eine Frau vor ihr wartete, trat genau die Frau in den Warteraum, die sie nun schon zweimal mit dem Doktor gesehen hatte. Wie eine Göttin schwebte sie in den Raum. Sie setzte sich genau auf den Platz Luisa gegenüber. Dort begann sie in einer Zeitung zu blättern. Warum mussten sie nun schon wieder aufeinander treffen? Sie begann jede Bewegung der anderen Frau zu beobachten. Dabei wurde sie dann durch die Schwester gestört, die sie in den Behandlungsraum holte. Luisa betrat den Raum und eine etwa dreißigjährige Frau begrüßte sie. Sie zeigte auf seine kleinen Raum an der Seite und sagte „Machen sie sich frei und nehmen sie Platz." wenig später war Luisa auf den altbekannten Stuhl.

„Entspannen sie sich und denken sie an was Schönes." sagte die Ärztin und Luisa schaute auf eine Blume, die da als Bild an der Wand hing. „Schon fertig. Ziehen sie sich wieder an." sagte die Frau kurze Zeit später und Luisa war überrascht, dass es schon zu Ende war. Schnell war sie wieder angezogen und saß am Tisch. „Alles in Ordnung." sagte die Ärztin und stempelte den Befund „Sehen sie mich wie eine Freundin und wenn was ist, dann kommen sie wieder." sagte sie und Luisa nickte dankbar. Sie dachte aber „So was würde ich nicht mit meiner Freundin bereden." schon war sie draußen und fast mit der anderen Frau zusammen gestoßen, die nun in den Raum geholt wurde. Luisa beschloss auf die andere Frau zu warten und setzte sich in den Wartebereich, nun die Tür des Behandlungszimmers immer im Blick.

Als die Frau dann wenig später wieder die Praxis verließ, folgte ihr Luisa einfach. Sie wollte wissen, wohin sie ging und blieb den ganzen Weg hinter ihr. Sie saßen gemeinsam, von zwei Tischen getrennt, in dem Café. Ramon bediente sie beide, aber er zwinkerte ihr nur zu. Immer noch lief Luisa in dem kurzen Sommerkleid herum, aber da es ihr freier Tag war, hatte sie ja Zeit. Warum sie dieser Frau folgte, dass wusste sie aber immer noch nicht. Sie erwischte sich nur dabei, wie sie versuchte die Bewegungen der Frau nachzuahmen. So wie die Frau die Tasse hielt, oder die Beine übereinander schlug. Es sah alles so elegant aus und das wollte sie auch können.

Im Gegensatz zu dieser Frau bewegte sie sich wie ein Dorftrampel. Zumindest kam ihr das so vor. Gemeinsam brachen sie auch wieder auf. Die andere Frau hatte einen zusätzlichen Schatten und merkte es gar nicht. Drei Schritte hinter ihr ging Luisa in ihrem dünnen Kleid, während die andere Frau einen Mantel trug. Die Fremde begann zu telefonieren und lief immer weiter. Die Richtung kam Luisa bekannt vor und als sie zusammen durch den Park gingen, wusste sie, dass sie auf dem Weg zur Praxis war. Sie sah schon das Haus, während die andere Frau am Telefon lachte. Die Straße kam immer näher und Luisa sah, dass ihre unbekannte Begleiterin an die Straße ging und weder nach links noch nach rechts sah.

Luisa sah einen Bus auf sie zukommen, sie lief nach vorn und riss die Frau am Arm zurück. Dabei streifte sie der Bus und Luisa flog ein Stück durch die Luft. Sie spürte den Aufprall nicht. Alles wurde schwarz vor ihren Augen.

11. Kapitel

Göttin und Engel

Sie schlug die Augen auf und sah zu einer weißen Decke hinauf. „Na da ist ja unser Dornröschen." hörte sie eine Stimme und sah zur Seite. Marion saß mit einem besorgten Gesicht neben ihr. Luisa lag in einem Krankenzimmer und alles tat ihr weh. „Ich glaub, mich hat ein Bus gestreift." versuchte sie einen Scherz, aber beim Lachen tat ihr alles weh. Sie fasste sich an die Brust und sagte „Aua." Marion half ihr mit dem Kissen und sagte dann „Du hattest Glück im Unglück. Nur eine Rippenprellung und eine Gehirnerschütterung." „Und wie geht es der anderen Frau?" fragte Luisa und Marion sagte „Frage sie doch selbst." und zeigte hinter Luisa. Die drehte sich mühsam um und sah die andere Frau im Bett neben ihr liegen.

„Wie geht es ihnen?" fragte sie und die andere Frau sagte „Dank ihnen geht es mir gut. Nur eine Prellung und ein paar Abschürfungen. Und ihnen?" „Es geht. Nur das Lachen tut noch weh." entgegnete Luisa und versuchte sich aufzusetzen, doch das gelang ihr nur mit Marions Hilfe. Mit schmerzverzogenem Gesicht saß sie dann endlich im Bett und rieb sich die Rippen auf der einen Seite. Aber der Verband störte sie dabei etwas. „Ich muss dann mal." sagte Marion und stand auf Luisa drehte sich zu ihr und sagte „Nimmst du den Befund mit für meine Akte? Der ist in der Tasche." Marion nickte und nahm den Brief heraus. Dann waren die beiden Patientinnen unter sich.

„Wirklich alles in Ordnung?" fragte Luisa und die andere Frau sagte „Ja. Ich bin Caroline." und beugte sich herüber. „Luisa." sagte sie und ergriff die hingehaltene Hand. Selbst in dem seltsamen Krankenhauskittel, der auch noch hinten offen war, sah Caroline wie eine griechische Göttin aus. Nur die paar Pflaster störten das Bild. Nach der Begrüßung wechselte die Frau zum Du. „Du warst mein Schutzengel. Wenn du nicht da gewesen wärst, dann hätte mich der Bus voll erwischt und dann ..." sagte die Frau und Luisa nickte nur. Was sollte sie auch sagen, dass sie sie verfolgt hatte?

Im Laufe des Nachmittages erzählten sie sich alles Mögliche. Sie hatten ja viel Zeit in dem Zimmer. Caroline war wirklich Model, wie Luisa schon vermutet hatte, und in der Zeit der Gespräche wurden sie richtige Freundinnen. Nun wurde es für Luisa dadurch aber noch schlimmer. Sie mochte die andere Frau wirklich gern und einer Freundin den Freund ausspannen, dass ging ja gar nicht. Der Abend setze ein und nach dem Essen ging Caroline unter die Dusche, während Luisa, durch ihren dicken Verband, es bei einer einfachen Wäsche belassen musste. Nie hätte sie alleine die Binde wieder so fest bekommen und die Schwester darum bitten, das wollte sie auch nicht. Sie wusste durch ihre Ausbildung nur zu gut, welchen Stress so eine Stationsschwester hatte.

Sie stand am Waschbecken, als Caroline die Dusche verließ. Ihr Blick blieb auf einer langen Narbe auf der Brust des Models hängen und Caroline musste das wohl gemerkt haben. Sie sagte „Das war Krebs, aber er ist zum Glück rechtzeitig erkannt worden. Jetzt bin ich diese Krankheit los, aber du hättest mich mal vor einem Jahr sehen sollen." dabei trocknete sie ihr Haar. „Ein Model ohne Haare!" sagte sie und schüttelte den Kopf „Ich habe mich einfach verkrochen und wollte niemanden sehen. Wenn mein Freund nicht gewesen wäre, wer weiß, ob ich dann noch leben würde. Die Narbe wird demnächst auch noch geglättet und dann wird hoffentlich nichts mehr an diesen Albtraum erinnern." dann zog sie sich an und ließ Luisa dort stehen.

„Mist!" sagte Luisa leise und nahm die Zahnbürste heraus. Das mit dem Doktor und ihr wurde immer unmöglicher. Einer kranken Freundin den Mann wegzunehmen war noch um einiges schlimmer. „Ich muss ihn mir aus dem Kopf schlagen." dachte sie und stellte die Zahnbürste weg. Eine Handvoll kaltes Wasser im Gesicht sollte für klare Gedanken sorgen, doch es half nicht. Für einen Moment musste sie sich am Waschtisch festhalten, dann trocknete sie sich ab und löschte das Licht. Schweigend ging sie in ihr Bett. Caroline sah einen lustigen Film, von dem Luisa aber nur die Bilder sah und das Lachen der Freundin hörte, da diese Kopfhörer trug. Sie schaute die Frau immer länger an, dann drehte sie sich auf den Rücken und schloss die Augen.

Das Bild der blauen Augen ging ihr nicht aus dem Kopf, und wenn sie die Augen schloss, war der Blick nur noch intensiver. Der Doktor hatte sich in ihr Herz geschlichen und nun musste sie ihn mit Macht dort wieder rausreißen. Die erste Träne kullerte über ihre Wange und eine zweite folgte. Da lag sie nun in ihrem Elend und hoffte, dass die Tränen den Mann aus ihrem Herzen waschen würden. Schließlich schlief sie dann irgendwann ein. Das Bild des heran rasenden Busses riss sie aber aus dem Traum. Was wäre gewesen, wenn sie Caroline nicht zurückgezogen hätte?

Sie drehte sich zu der schlafenden Frau um und dachte an den Spruch ihrer Mutter „Man baut sein Glück nicht auf das Unglück anderer!" Luisa sah zu ihrer Uhr auf dem Nachttisch. Die Leuchtzeiger standen auf kurz vor vier Uhr in der Früh.

Sie versuchte weiter zu schlafen, doch es ging nicht. Der Traum ließ sie nicht zur Ruhe kommen. Was wäre wohl passiert, wenn sie Caroline nicht verfolgt hätte? Dann wäre sie jetzt sicher schwer verletzt. Irgendwie war das dann wohl doch Bestimmung gewesen. Sie schaute zum anderen Bett hinüber und sah die Freundin im Scheine des Nachtlichtes. Selbst im Schlaf hatte sie etwas Göttliches. Sie konnte ihren Blick nicht von den ebenmäßigen Zügen der Freundin losreißen. Es dauerte, bis auf dem Gang vor dem Zimmer Bewegungen zu hören waren. Nach dem Frühstück folgte die Visite und der Arzt teilte ihnen mit, dass beide Frauen das Krankenhaus wieder verlassen könnten.

Wenig später traf der Doktor ein und sagte „Luisa, ich danke ihnen, dass sie Caroline gerettet haben." dann gab er Caroline einen Kuss „Du kennst sie?" fragte Caroline „Du kennst sie auch. Sie sitzt bei mir am Empfang." „Ach so. Jetzt weiß ich es auch wieder. Sie sind ein Engel." sagte Caroline, umarmte Luisa und gab ihr den Blumenstrauß, den der Doktor eigentlich ihr mitgebracht hatte. „Danke." sagte Luisa und der Doktor sagte „Luisa, nehmen sie sich ein paar Tage frei." dann waren die beiden weg. „Luisa hat er gesagt! Nicht Schwester Luisa." sagte sie laut zu sich selbst und roch an den schönen Rosen.

Wollte sie ihn nicht aus ihrem Herzen reißen? Nun war er wieder drin und sie stand mit den Blumen mitten im Zimmer.

12. Kapitel

Schüchternheit im Minutentakt

Mit Marion war Luisa aus dem Krankenhaus aufgebrochen. Ein paar Tage war
sie ja noch krankgeschrieben und die
Freundin hatte sich, wie selbstverständlich, auch
sofort zum Verbandswechsel bereit erklärt. So
würde sie nun täglich früh und abends Luisa helfen. Auf dem Heimweg kamen sie wieder in einem Gespräch auf Luisas Schüchternheit zu spre-
chen. „Ich muss da was dagegen tun. Nur wie?"
fragte Luisa und die Freundin überlegte. Nach
einer Weile sagte sie „Ich glaube ich habe es."
und Luisa sah sie fragend an. „Mit den Menschen
in der Praxis kannst du doch reden? Oder?" fragte
Marion und Luisa nickte.

„Nur mit den Männern draußen nicht." sagte
Marion und Luisa seufzte. „In dem Café ist morgen Abend so ein Speed Date Abend. Da kommen sicher viele Männer und da kannst du üben."
Luisa blieb stehen „Speed Dating?" „Na ja. Du
musst nicht müssen. Wenn einer dabei ist, der dir
gefällt. Gut! Wenn nicht, ist es ein Training."
entgegnete Marion „Wirst du dabei sein?" fragte
Luisa, noch zweifelnd, und die Freundin nickte.

Schon waren sie in Luisas Wohnung und nun überlegten sie, was sie wohl anziehen sollte. Das grüne Kleid fiel schon mal aus. Aber sie hatte noch ein schönes in dunkelblau. Etwas länger, aber auch schön. Luisa nahm es aus dem Schrank und hängte es an die Tür. Darin wäre sie bestimmt auch ein Blickfänger bei dieser Veranstaltung. War es zu gewagt? Sollte sie lieber in Jeans und Pulli gehen? Sie schüttelte den Kopf. Das Kleid war schon richtig.

Und so saß sie am folgenden Abend auf ihrem Platz. Zehn Frauen und etwa zwanzig Männer. Die Frauen trugen nun rosa Klebezettel mit ihrem Namen auf der Brust. Die Männer hatten blaue Zettel. Von den Frauen hatten sich die meisten für Jeans und T-Shirt entschieden. Nur drei, darunter Luisa, trugen Kleider. Marion hatte sich zu beobachtungszwecken an die Bar gesetzt und nickte Luisa ermutigend zu, als diese sich gesetzt hatte. Der Barbesitzer erklärte noch einmal für alle „Immer fünf Minuten, wenn die Glocke läutet wechseln die Männer." dann hob er die Glocke und gab das Zeichen.

Da es ja nur ein Training sein sollte, ging Luisa unverkrampft an die Sache heran, trotzdem fiel es ihr schwer, das Gespräch zu beginnen. Der dritte Mann saß vor ihr, bevor sie auch nur ein Wort gesagt hatte und auch den Männern schien es ähnlich zu gehen. Einer erzählte was vom Briefmarken sammeln, der nächste von seinem Auto. Erst der dritte erzählte von sich. Er hieß Thomas und erzählte, dass er studierte. Als er aber erzählte, dass er noch bei Mama wohnte, konnte es Luisa nicht mehr erwarten, dass die Glocke den nächsten Mann vor sie brachte. Er hieß Leon und trug eine Lederjacke, wie sie früher auch mal gern eine gehabt hätte. Nach einem etwas stockenden Beginn kamen sie in das Gespräch und Marion hob den Daumen. „Alles gut." dachte Luisa und nickte ihr zu.

Nun, da das Eis gebrochen war, unterhielt sich Luisa vollkommen ungezwungen. Es ging! Luisa war glücklich, ihre Schüchternheit war weg. Aber von den Männern war keiner dabei, mit dem sie es hätte versuchen wollen. Zu alt, zu klein, zu dick oder mit einem Rentierpulli an. Nur Leon war noch einigermaßen das, was sie sich hätte vorstellen können, aber der stand nun an der Bar und unterhielt sich mit Marion. Manchmal hörte sie die Freundin lachen. Dann klingelte die Glocke zum letzten Mal. Die anderen Frauen verließen mit Männern am Arm die Bar. Einige Männer gingen alleine und es hatten sich anscheinend auch zwei Männer gefunden, die nun

Hand in Hand das Café verließen. Das hatten sich die beiden vorher sicher anders vorgestellt.

Dann war Luisa die letzte, die noch auf ihrem Platz saß. Doch der Besitzer des Cafés wollte aufräumen und so ging sie zu Marion und Leon an die Bar. Auch Ramon war dort, der einen Cocktail vor sie stellte und fragte „Der richtige war wohl nicht dabei?" und Luisa schüttelte den Kopf. Sie sah, wie Marion Leon küsste und begann das kalte Getränk mit einem Strohhalm zu schlürfen. Passionsfrucht mit einem Schuss Alkohol. Süß und lecker. Davon hatte sie in der Disko damals viel zu viele getrunken und als Ramon ihr einen neuen geben wollte, lehnte sie dankend ab. Marion kam zu ihr herüber und sagte „Das hat doch prima geklappt. Ich fahre dann mit Leon mit. Du findest den Heimweg?" „Keine Sorge. Viel Spaß." sagte Luisa und die Freundin verschwand lachend mit dem Lederjackenträger nach draußen.

Nun waren sie nur noch zu dritt. Luisa, Ramon und sein Chef, aber der stellte schon die Stühle hoch und löschte das Licht. „Möchtest du noch mit in eine andere Bar kommen?" fragte Ramon und Luisa antwortete „Warum eigentlich nicht. Die Nacht ist ja noch jung." Jetzt war sie genau in der richtigen Stimmung für ein Treffen und wer weiß, es konnte ja noch so viel in dieser Nacht passieren. Ramon beeilte sich, fertig zu werden und eine halbe Stunde später gingen sie durch den Abend in die Innenstadt, wo um diese Zeit gerade die ersten Bars öffneten. Sie folgten der dunklen Straße und unterhielten sich über alles Mögliche.

Vielleicht konnte man noch etwas tanzen? Schließlich fanden sie ein kleines Lokal, aus dem Musik bis auf die Straße drang. Ramon kannte den Türsteher gut und so waren sie auch sofort in dem schummrigen Raum. Diese Bar war nicht sehr groß und die Musik war auch angenehm. Es wurden meist nur langsame Titel gespielt, so dass man ziemlich eng tanzen musste. Nicht nur wegen des begrenzten Platzes.

Irgendwie gefiel dies Luisa. Diesmal war es ganz anders als beim letzten Mal in der lauten Disko. Vielleicht war sie ja nun nicht mehr so der Diskotyp, der sie vielleicht früher mal gewesen war. Mit dem Alkohol hielt sie sich aber wohlwissentlich zurück. Immer noch hatte sie den Filmriss vom letzten Mal vor Augen und das sollte ihr nicht noch einmal passieren. Also blieb sie bei alkoholfreien Cocktails, die auch sehr lecker waren.

So tanzten sie einige Stunden und es war weit nach Mitternacht, als sie die Bar wieder verließen und nach Hause auf der Straße entlang tanzten. Selten hatte sich Luisa so wohl gefühlt, wie an diesem Abend. Zuerst hatte sie ihr Schüchternheit überwunden und dann auch noch viel Spaß beim Tanzen gehabt. Und nun? Sie sah dem Mann in die Augen, in dessen Armen sie lag.

13. Kapitel

Spanische Nächte

Da stand sie nun und wusste nicht, wie es weiter gehen sollte. Mit Ramon war sie tanzend bis zu seiner Wohnung gekommen. Und nun? Sie hatte sich doch beim letzten Mal geschworen, nie wieder was mit ihm anzufangen. Und was war jetzt? Das Tanzen hatten ihr gut getan und vielleicht war es das letzte Mal nur wegen des zu vielen Alkohols so schlimm geworden. Sie sah an dem Haus nach oben und offensichtlich hatte er ihre Zweifel bemerkt. Er sagte „Wir könnten doch noch einen Film sehen. Oder etwas reden?" „Was hast du denn für Filme da?" fragte sie und er begann aufzuzählen „Pretty Woman ..." doch da fiel sie ihm schon in das Wort. „Ich liebe diesen Film!" „Na dann komm." sagte er und schloss die Tür auf.

Wenig später saßen sie in seinem Wohnzimmer und eigentlich war es zum Fernsehen schon viel zu spät, aber diesen Film konnte sie immer wieder sehen und da war es egal zu welcher Tageszeit. Ramon hatte Chips und Cola geholt und sie hatten es sich auf dem Sofa gemütlich gemacht. Luisa kuschelte sich an ihn heran und es tat ihr so gut, seine Wärme zu spüren. Im Laufe des Filmes legte er seinen Arm um sie und Luisa rückte immer näher an ihn heran. Wie zufällig legte er seine Hand auf ihr Knie, aber als er sie nach oben schob, legte Luisa ihre Hand auf die seine, um deren Weg zu stoppen. Als dann der Abspann zu sehen war, wollte sie aufstehen und sich verabschieden. Mit einem Blick auf die Uhr bot er ihr an, doch bei ihm zu übernachten. Luisa schaute ihn von der Seite aus an und überlegte. Schließlich kam ihm diese Überlegungsphase zu lange vor und er fragte „War ich den beim letzten Mal wirklich so schlecht?"

Für einen Moment wusste Luisa nicht, was sie sagen sollte. Sollte sie ehrlich sein? Aber wozu würde eine Lüge etwas nutzen? Ihr nicht und ihm ja auch nicht. Also sagte sie ihm die Wahrheit „Ich habe davon nicht wirklich etwas mitbekommen. Ich weiß noch, wie ich vor deinem Bett stand. Aber danach ist alles weg. Erst der nächste Morgen ist mir wieder im Gedächtnis geblieben und ich danke dir, dass du an das Kondom gedacht hattest." „Eigentlich müsste ich mich jetzt beleidigt fühlen. Ich bin ja zur Hälfte Spanier und wir werden eigentlich als heißblütige Liebhaber bezeichnet. Aber ich danke dir für deine Ehrlichkeit." „Sei mir bitte nicht böse, aber ich möchte nun doch noch nach Hause." sagte Luisa und

stand auf „Aber du kannst in meinem Bett schlafen. Ich bleibe auf dem Sofa. Du musst doch
nicht früh halb vier noch durch die Stadt laufen."
entgegnete Ramon und holte seine Decke aus
dem Schlafzimmer.

Nun stand sie, hin und her gerissen, mitten im
Wohnzimmer. Vermutlich hatte er Recht und es
war nicht nötig, noch nach Hause zu gehen. Andererseits war sie nun in seiner Wohnung. Sollte
sie bleiben? Nach kurzer Überlegungsphase hatte
sie sich entschlossen und sie fragte „Hast du ein
T-Shirt für mich?", da sie nicht in dem schönen
Kleid in das Bett gehen wollte. Er nickte und
suchte in seinem Schrank nach einem Hemd, das
ihr passen könnte. Sie gab ihm einen „Gute
Nacht" Kuss und zog sich in das Schlafzimmer
zurück. Aber sie konnte nicht schlafen. Es war so
ruhig, dass sie ihn aus dem Wohnzimmer leise
schnarchen hörte. Lange lag sie wach und dachte
über seine Worte nach. Warum war sie so abwei-
send ihm gegenüber gewesen? Schließlich war er
doch so freundlich zu ihr gewesen und seine Nä-
he hatte ihr auch gut getan. Sie dachte an die en-
gen Tänze und die Umarmung bei dem Film.

Leise stand sie auf und ging zur Tür hinüber.
Von dort aus sah sie auf den schlafenden Mann

im Wohnzimmer. Er hatte sich auf seinem Sofa eingerollt und sie konnte sein Gesicht im grünlichen Schein eines Nachtlichtes sehen. Sollte sie ihn wecken? Würde es dieses Mal anders sein? Langsam schob sie sich zu ihm hinüber und berührte ihn an der Schulter. Es dauerte einen Augenblick, bis der Mann wach war. Sie sah ihm in die Augen und gab ihm einen Kuss. Leise sagte sie „Aber sei vorsichtig mit meinen Rippen." Er stand auf und nickte. Dann nahm er sie auf seine Arme und trug sie behutsam in das Schlafzimmer hinüber. Alle Zweifel waren verflogen, als er sie in das Bett legte und ihr das T-Shirt vorsichtig wieder auszog.

Diese Nacht war kein Vergleich zur ersten. Luisa hatte sich so wohl gefühlt und hatte sich vollkommen fallen gelassen. Er war vorsichtig und zärtlich gewesen und hatte sich viel Zeit gelassen. Vermutlich auch, weil sie ihm die Wahrheit gesagt hatte. Erst als es draußen langsam hell geworden war, waren sie zum Schlafen gekommen. Erschöpft lag sie in seinem Arm und sah in seine Augen, als sie erwachte. Es hatte sich so gut angefühlt, in seinen Armen zu liegen. Konnte er ihr Freund werden? Oder hatte sie ihn nur gewählt, weil der Doc für sie nicht mehr erreichbar war?

Luisa machte sich Gedanken darüber, ob Ramon nicht nur die zweite Wahl gewesen war. Konnte sie ihm das wirklich antun? Oder sollte sie Doktor Peters einfach aus ihrem Gedächtnis streichen? War das überhaupt möglich, wo sie doch schon bald wieder in seinem Vorzimmer sitzen würde und seinen Augen dann nicht ausweichen konnte? Diesem Blick, der immer tief in ihr Herz ging.

Nach dem Abend zuvor hätte sie sich nun getraut, den Doc anzusprechen, die Schüchternheit hatte sich praktisch aufgelöst, ihr altes Selbstvertrauen war wieder da, doch Caroline hielt sie zurück. Das konnte sie der Freundin nicht antun! Wieder sah sie zu Ramon hinüber, der immer noch neben ihr schlief. Doch nun würde sie seine Hilfe brauchen, um den Verband zum Duschen zu entfernen und später wieder zu befestigen.

Vorsichtig weckte sie ihn mit einem Kuss und sagte „Diese Nacht war herrlich." Er nickte ihr zu und küsste sie zurück. Dann zeigte sie auf den Verband und fragte „Kannst du mir damit helfen?" die Zurückhaltung war vollkommen verschwunden. Sie dachte noch zurück an die erste Nacht, nach der sie sich verschämt in die Decke gehüllt hatte, nur damit er sie nicht nackt sehen konnte. Nun saß sie einfach so in seinem Bett und ließ zu, dass er ihr vorsichtig den Verband ab machte. Die blauen Rippen kamen zum Vorschein und Ramon erschrak, doch Luisa konnte ihn beruhigen. Dann ging sie unter die Dusche und ließ sich, nachdem sie sich abgetrocknet hatte, von ihm den Verband wieder fest ziehen.

Zusammen setzten sie sich zu einem Kaffee in die Küche und küssten sich immer und immer wieder. Nach dieser Nacht würde es sicher noch weitere geben. Das spürte sie tief in sich drin. Aber etwas schien zu fehlen. Nur was?

14. Kapitel

Ist es Liebe?

Ein paar Tage hatte Luisa ja noch frei, da sie krankgeschrieben war. Doch irgendwann würde sie wieder auf Arbeit gehen müssen. In den paar Tagen war sie so oft mit Ramon zusammen gewesen, wie es nur irgend möglich gewesen war. Selbst wenn er arbeiten musste, dann war sie in dem kleinen Café gewesen. Mit Marion traf sie sich zwar auch noch hin und wieder, aber die war nun auch mit ihrem Leon öfters zusammen, so dass es schwierig war, einen freien Moment zu finden, in dem sie sich beide treffen konnten. Auf Arbeit wäre das dann sicher anders, da würden sie sich dann öfters sehen können. Im Großen und Ganzen war sie zufrieden mit Ramon, doch es blieben die Zweifel in ihr zurück. War es wirklich Liebe? Oder war er nur der Notnagel, weil es mit dem Anderen nicht geklappt hatte? Solange sie dem Doktor nicht begegnen musste, war alles gut, doch der Moment des nächsten Treffens kam unausweichlich auf sie zu. Konnte da eine Liebe bestehen?

Oder machte sie sich da nur etwas vor? Gab es da eine Möglichkeit, ihr Herz gegen seinen

Blick zu immunisieren? Eine Art von Schutzimpfung gegen seine blauen Augen? Vielleicht war ihre Freundschaft zu Caroline so eine Schutzimpfung. Es durfte nicht sein und da musste sie sich dann auch daran halten. Auch wenn sie nun vielleicht vom Selbstvertrauen so weit gewesen wäre, auf den Doktor zuzugehen, so konnte es doch aus ihrem Gewissen heraus nicht sein.

Und so machte sie sich dann also am Montagmorgen mit gemischten Gefühlen auf den Weg zu ihrer Arbeit. Im Wiederstreit zwischen Herz und Kopf schien es ihr unmöglich, sich dort hinzusetzen und so zu tun, als ob sie nichts für den Mann empfinden würde. Vielleicht würde sich das irgendwie geben? Irgendwann? Sie war wieder die Erste und schaltete das Licht an. Nicht viel war verändert in der Woche, in der sie nicht dagewesen war. Aber auf ihrem Platz lag eine Tafel Schokolade mit einem kleinen Zettel darauf. Luisa klappte ihn auf und laß „Danke. Caroline." Darunter war ein kleines Herz gemalt und sie hatte es extra mit der Hand geschrieben. Auch die Handschrift der Freundin war schön. Fraulich geschwungen und trotzdem markant. Alles an Caroline schien einfach perfekt zu sein. Luisa steckte Tafel und Brief in ihre Handtasche und ging dann ihrer Wege nach. Alles musste vorbereitet sein, wenn die ersten Patienten dann später kommen würden.

Und schließlich kam der Doktor in seinen Radlersachen in die Praxis. Er trat an ihren Tisch und sagte „Luisa, danke noch einmal für ihre mutige Tat." Sie sah zu ihm auf und da war er wieder, dieser Blick, dem sie standhalten musste und doch nicht konnte. Wie ein Pfeil bohrte sich dieser Blick in ihr Herz und flutete ihren Körper mit Glücksgefühlen. Sie konnte ihre Augen nicht von ihm abwenden und fühlte sich daher schuldig, ihrer Freundin gegenüber. Sie sah dem Mann hinterher, bis er die Tür geschlossen hatte. „Luisa" hatte er schon wieder gesagt und nicht, wie bisher „Schwester Luisa" noch vor einer Woche wäre sie deshalb vor Freude um ihren Tisch gesprungen. Doch nun?

Sie fühlte die Glücksgefühle in sich und gleichzeitig auch die Schuldgefühle wegen Caroline. Nun verglich sie das Gefühl mit dem, das sie immer dann hatte, wenn sie mit Ramon zusammen gewesen war. Natürlich war Ramon zärtlich, rücksichtsvoll und versuchte ihr jeden Wunsch von den Augen abzulesen, aber das Gefühl in ihr war ein anderes. War es wirklich Liebe? Oder Freundschaft? Und wenn es Freundschaft war, warum ging sie dann mit ihm ins Bett? Das machte man doch mit Freunden nicht! Oder doch? Das Ganze verwirrte sie dann doch etwas und dann kamen noch diese blauen Augen dazu.

Vielleicht konnte ihr Marion helfen, aber die würde erst gegen Mittag mit ihrer Arbeit beginnen und bis dahin musste sie diesem Blick standhalten. Und um das Chaos noch perfekt zu machen, tauchte wenig später Caroline auf, umarmte sie und verschwand im Behandlungszimmer. „Standhaft bleiben!" dachte Luisa und doch war es mehr als schwierig. Wer konnte schon seinem Herz wiederstehen, wenn es den ganzen Körper in Flamen gesetzt hatte? Caroline kam wieder heraus, winkte ihr zu und verschwand. Aber sie hatte die Tür offen gelassen und nun sah sie den Doktor dort sitzen und anscheinend bemerkte er ihren Blick, den ihre Augen trafen sich und damit war es für Luisa aus. Das war zu viel des Guten. Sie konnte den Kopf nicht abwenden. Sie musste hinschauen, bis der nächste Patient die Tür hinter sich schloss.

So konnte das nicht weiter gehen. Sie betrog damit Ramon und Caroline gleichzeitig und sie fühlte sich unwohl und gleichzeitig geborgen, alles nur durch einen Blick. Endlich kam Marion und begrüßte die Freundin. Zusammen gingen sie in das Schwesternzimmer und setzten sich an den kleinen Tisch. „Was soll ich tun?" fragte Luisa und Marion zeigte auf ihr Herz und antwortete „Das, was dein Herz dir sagt." „Das ist ja das Problem." seufzte sie und stützte den Kopf in die Hände. „Das, was mein Herz mir sagt, dass nennt mein Kopf Betrug!" Marion strich ihr die Wange, so wie sie es früher immer gemacht hatte, als sie noch in der Schule gewesen waren, doch diesmal half es nichts. Vielleicht nützte eine Ablenkung? „Erzähle doch mal von dir und Leon." sagte Luisa und die Freundin begann von den Ausflügen zu schwärmen, die sie mit dem Motorrad unternahmen. Luisa freute sich für die Freundin und musste daraufhin erzählen, wie es mit ihr und Ramon so lief.

Und da war nun wieder ihr Dilemma, wie sie es nun auch Marion schilderte. Sie war mit Ramon zusammen und wusste doch nicht, ob es aus Liebe oder aus Gefälligkeit war. Oder noch schlimmer: aus Mangel an anderen Männern, nur um nicht alleine zu sein! Aber ihr fehlten da die Vergleiche, schließlich war Ramon erst ihr zweiter Freund.

„Wie fühlst du das denn, dass es der Richtige ist?" fragte Luisa die Freundin, die gerade zum Schrank ging, um sich umzuziehen. Marion blieb stehen und sah sich um. „Ich kann es dir nicht sagen. Vielleicht ist Leon der Richtige? Wer weiß. Ich suche noch." Luisa sah die Freundin entgeistert an. So hatte sie sich das Liebesleben der Freundin nicht vorgestellt.

15. Kapitel

Eine Entscheidung

Endlich war der Tag rum und Luisa saß alleine auf ihrem Platz. Die Anderen waren schon vor einer halben Stunde gegangen und sie war nur geblieben, um zu einer Entscheidung zu kommen. Hier auf diesem Platz, mit dem Blick durch die offene Tür, auf den Platz, an dem der Doktor sonst immer saß, musste sie überlegen, ob sie mit Ramon weiter zusammen sein wollte oder nicht. Und das konnte sie nur tun, wenn sie ihm nicht in die Augen sah. Schwierig war es in jedem Falle. Ein Mann, den sie wollte und nicht bekam und einer, den sie hatte, aber eigentlich nicht wollte. Wie sollte sie entscheiden? Hatte eine Beziehung mit Ramon einen Sinn? Oder war es nur das Klammern aus Angst, wieder alleine zu sein? War sie nicht so viele Jahre alleine gewesen? Warum also die Angst? Schließlich stand sie auf und machte ihren letzten Kontrollgang. Sie schloss alle Fenster und löschte das Licht.

Vermutlich war Ramon schon auf seiner Arbeit, doch es schien ihr ein schlechter Stil zu sein, ihm dort zu sagen, dass sie mit ihm Schluss machte, konnte sie ihn nicht wenigstens als Freund behalten, nicht als Liebhaber, nur als Freund? Vielleicht! Doch das würde an ihm liegen, wie er die Trennung von ihr aufnehmen würde. Ein flaues Gefühl blieb in ihrem Bauch zurück. Langsam ging sie durch den Park zu ihrer Wohnung. In ein paar Stunden würde Ramon zu Hause sein und dann konnte sie ihn aufsuchen. Aber im „Schlussmachen" hatte sie noch weniger Übung, als im „Jemanden finden" zumindest im freundschaftlichen Schlussmachen. Sie dachte wieder an ihren ersten Freund, den sie mit einer ihrer Freundinnen beim Knutschen erwischt hatte und der daraufhin von ihr ziemlich lautstark zusammen gefaltet worden war. Auch wenn sie sonst eher schüchtern gewesen war. Da war es mit Macht aus ihr heraus gebrochen.

Luisa saß auf ihrem Sofa und dachte an die Gefühle, die sie damals Hans entgegen gebracht hatte. Irgendwie waren sie denen ähnlich, die sie dem Doktor entgegen brachte. Aber denen, die sie für Ramon fühlte, waren sie so verschieden, wie Tag und Nacht. Vielleicht war es mit Ramon wirklich nur als eine Art von platonischer Freundschaft geplant gewesen und sie hatte die Zeichen nur nicht richtig gedeutet. Und nun? Was zieht man an, was sagt man? „Las uns Freunde bleiben?" das klang nicht wirklich so gut. Und doch war es in diesem Falle genau das, was sie wollte! Aber würde Ramon das auch so sehen? Sie wusste es nicht und Marion konnte sie nicht danach fragen, die war wieder mit Leon auf dem Motorrad unterwegs. Sie hatte sogar eine Lederjacke angehabt, als sie von Arbeit verschwunden war, weil sie sofort los wollten.

Schon einmal war sie mit Ehrlichkeit erfolgreich gewesen, warum sollte das nicht auch diesmal klappen? Die Uhr stand auf der Zeit, zu der er sicher zu Hause sein würde. Sie zog sich Jeans und T-Shirt an und brach auf. Als er die Tür öffnete, wusste er, dass sie etwas vorhatte. Er bat sie in das Wohnzimmer und ließ sogar den, sonst üblichen, Kuss aus. Dann saßen sie nebeneinander auf dem Sofa, wo es dann aus Luisa heraus brach „Ich kann so nicht mehr weiter machen. Es fühlt sich nicht richtig an." „Habe ich etwas falsch gemacht?" fragte er und wusste doch, dass es nur von ihr ausging, doch vermutlich war das sein letzter Versuch, die Beziehung zu retten.

Da gab es jedoch nichts mehr zu kitten. Schließlich fiel dann doch der obligatorische Satz „Bitte las uns Freunde bleiben." Und Luisa sah, wie sehr er daran zu schlucken hatte. Daher begründete sie ihre Entscheidung „Ich fühle mich

wohl bei dir. Aber es ist, als würde ich dich be-
trügen. Als Freund kann ich mir dich gut vorstellen. Zusammen lachen und Spaß haben. Aber als
Liebhaber kann ich das nicht mehr."

Er nickte und sagte „Ich muss es wohl akzep-
tieren." Doch sie sah, dass es ihm nicht egal war.
Nur schwer konnte er die Tränen zurück halten.
Luisa legte ihre Hand auf die seine und sah ihn
an. Dann gab sie ihm einen Kuss und stand auf.
Er begleitete sie zur Tür und gab ihr nur die
Hand. Dann war die Tür zu und sie draußen. Nun
wurde auch ihr das ganze Ausmaß des Dramas
bewusst. Zwar hatte sie einen halben Tag darüber
nachgegrübelt, doch nun war es nun mal so weit,
dass diese Beziehung am Ende war.

Beim die Treppe hinunter steigen kamen nun
auch Luisa die Tränen. Die Entscheidung war ihr
sehr schwer gefallen und sie brauchte den ganzen
Rückweg, um mit sich selbst und ihren Gefühlen
ins Reine zu kommen. Und doch kamen ihr nun
wieder Zweifel. Hatte sie richtig gehandelt? Nun
hatte sie den einen Freund verloren und den anderen Mann konnte sie nicht gewinnen. Sie durfte
ihn nicht gewinnen, um der Freundin nicht weh
zu tun! Doch was war mit ihrer eigenen Seele?
Die fühlte sich im Moment ziemlich zerbrochen

an. Ihr Herz hatte einen Riss bekommen und den konnte man nicht so schnell wieder kleben. Wo bekam sie dafür ein Pflaster her, welches ihr Herz heilen konnte? Gab es da eine Apotheke dafür? Oder einen Arzt für die Seele? Der Doktor wüsste sicher ein Heilmittel, doch der war ja mit Caroline gebunden. Konnten Tränen die Seele heilen?

So viele Fragen und keine Antwort! Diese Entscheidung war richtig gewesen, doch sie tat trotzdem weh. Verdammt weh! Sie verkroch sich in ihrem Bett und dachte dann daran, dass sie ja dem Doktor am nächsten Tag wieder begegnen musste. Zwar betrog sie ja nun niemanden mehr, aber der Schmerz saß trotzdem tief. Konnte vielleicht die Zeit ihren Schmerz heilen? Doch das würde ja nicht gehen, wenn sie jeden Tag mehrmals in seine Augen schauen musste! Eine zweite Entscheidung drängte sich ihr mehr und mehr auf. Sie musste dort kündigen und sich eine andere Arbeit suchen.

Das war die Lösung!

Luisa wischte sich die Tränen ab und setzte sich in dem Bett auf. Gleich am nächsten Tag würde sie die Stellenausschreibungen lesen und dann kündigen. Doch dann fragte sie sich: warum noch warten? Sie ging zum Tisch in das Wohnzimmer und klappte ihren Laptop auf. Mit zitternden Fingern tippte sie die Suchanfrage ein und hoffte, nichts zu finden. Doch sie erhielt zehn Treffer.

Am nächsten Tag würde sie nur bis Mittag arbeiten und dann die verschiedenen Praxen abtelefonieren. Sie druckte den Zettel aus und legte ihn unter das Telefon. Dann ging sie in ihr Bett und weinte sich in den Schlaf. Richtige Entscheidungen zu treffen war sehr schmerzhaft.

16. Kapitel

Glückliche Wendung?

Sie war nun entschlossen den letzten ihr noch verbliebenen Schritt zu tun und war durch die Sonne geweckt worden. Allerdings hatte sie nun ein weiteres Problem. Nun, da sie sich von dem Doktor lösen wollte, hätte sie ja auch bei Ramon bleiben können. Durch den zweiten Schritt wurde der erste so sinnlos. Aber vielleicht würde sie ja noch jemanden anderes finden. Als sie in den Badspiegel sah, erschrak sie vor sich selbst. Die Augen mit dicken Augenringen und vollkommen verheult. So konnte sie nicht auf der Arbeit erscheinen. Es dauerte eine ganze Weile und kostete eine Menge Schminke, bevor das Bild im Spiegel so aussah, wie sie es sich wünschte.

„Nur noch bis Mittag. Das schaffe ich auch noch!" sagte Luisa laut zu sich selbst, um sich Mut zu machen, bevor sie die Wohnung verließ und zur Praxis ging. Schon bald würde sie sicher in einer anderen Praxis arbeiten, dann würde sie diesen Blick nicht mehr ausgesetzt sein und sie würde sicher in ein paar Wochen in einer anderen Partnerschaft sein. Das spürte sie ganz tief in sich. Die immer wieder gemachten Handgriffe des Morgens waren schon fast reine Routine. Als die ersten Patienten erschienen war Luisa noch entspannt, aber als der Doktor kam, war der Stress wieder da. „Guten Morgen Luisa." sagte er und sah sie lange an. Dieser Blick ließ ihr Herz fast stillstehen. „Noch fünf Stunden!" sagte sie sich in Gedanken, dann hatte er seine Tür geschlossen.

Die Zeiger der Uhr, die auf ihrem Platz stand, krochen nur so dahin. Mit jedem Blick schien der Zeiger nur ein kleines Stück vorangekommen zu sein. Zum Glück blieb der Doktor die ganze Zeit in seinem Zimmer. Als es endlich um zwölf war, kam Uschi und löste sie ab. Schweigend ging Luisa in das Schwesternzimmer und zog sich um. Nun war es soweit, den letzten Schritt zu tun. Sie würde nach Hause gehen und die Liste abtelefonieren. Da würde sicher etwas für sie dabei sein. Mit der Jacke in der Hand trat sie auf den Gang hinaus, als die Praxistür sich öffnete und Caroline mit einem jungen, attraktiven Mann die Räume betrat. Der Mann war sicher auch Model und bestimmt ein Kollege von Caroline. Sie küsste ihn und er setzte sich in den Warteraum, während Caroline die Freundin freudestrahlend umarmte.

„Wer ist das denn?" fragte Luisa und schaute immer noch gebannt auf den fremden Mann. „Das ist Alexej. Mein Freund." antwortete Caroline und für einen Moment hielt Luisa die Luft an „Dein Freund? Und wer ist der Doktor?" „Er ist mein Bruder. Hast du gedacht Jens ist mein Freund?" Caroline lachte, doch Luisa war im Moment nicht zum Lachen. Sie hatte die ganze Zeit falsche Schlüsse gezogen und beinahe einen fatalen Fehler gemacht. Manchmal ist der Schein anders, als es wirklich ist. Caroline ging zur Tür des Behandlungszimmers, die gerade offen stand und verschwand in dem Zimmer. Auf den Schreck musste sich Luisa erst mal setzen. Sie ging in das Schwesternzimmer zurück, das sie gerade erst verlassen hatte, ließ die Tür offen und setzte sich an den Tisch.

Tausende Gedanken sausten durch ihren Kopf. Nun war eigentlich alles klar. Aber konnte sie diesem Mann nun gegenüber treten und seinen Augen standhalten? Musste sie das überhaupt noch? Sie nahm sich eine Tasse Kaffee und sah zum Flur hinaus. Sie hörte Caroline lachen und dann kam die Freundin in das Schwesternzimmer, da sie Luisa dort sitzen gesehen hatte. Auch Caroline nahm sich einen Kaffee und die beiden Freundinnen begannen zu reden. „Hast du wirklich geglaubt, dass Jens mein Freund ist?" „Es schien mir so. So, wie ihr euch immer begrüßt habt. Mit Kuss und so. Dann das Foto auf seinem Schreibtisch." „Das sind wir, bei unseren Eltern. Na ja, da könnte man schon denken, wir sind nicht Bruder und Schwester." wurde Caroline nachdenklicher. „Aber mein Bruder hat mich die ganze Zeit meiner Erkrankung betreut und das bindet einen noch viel näher zusammen." schloss Caroline und nahm einen Schluck Kaffee. Alexej schaute zur Tür herein, aber Caroline winkte ab und er ging wieder zurück. „Aber nun zu dir!" setzte Caroline fort und Luisa hob die Augenbrauen „Was ist mit mir?" fragte sie und wusste doch eigentlich schon, was die Freundin sagen wollte. „Glaubst du, ich habe nicht gesehen, wie du meinen Bruder ansiehst?" Nun musste Luisa schlucken und wurde rot. Das ganze Training gegen die Schüchternheit schien umsonst gewesen zu sein.

Wieder lachte Caroline und beugte sich zu Luisas Ohr. „Ich glaube, er hat auch ein Auge auf dich geworfen. Versuche dein Glück. Ich drück dir die Daumen." Dann stellte sie die Tasse zurück und ging zur Tür. Dort rief sie nach Alexej und verschwand, nach einem langen Kuss, mit ihm, Hand in Hand, aus der Praxis. Da saß Luisa nun und überlegte. Hatte Caroline wirklich Recht? Oder würde sie sich nun vollkommen zum

Affen machen, wenn sie einfach zum Doktor ging und ihn fragte? Andererseits, was konnte sie verlieren? Die Liste lag ja immer noch zu Hause. Luisa stand auf und ging auf den Gang. Das Behandlungszimmer stand offen und sie ging zur Tür. Der Doktor kramte in einer Akte herum und sie klopfte. Für einen Moment sah er auf, dann winkte er sie heran und wühlte weiter in den Papieren.

Luisa zog die Tür hinter sich zu und ging zu ihm hinüber. Geduldig wartete sie, bis er zu ihr aufsah, dann begann sie, wobei sie merkte, dass sie wieder bis über die Ohren rot wurde. „Vielleicht können wir uns ja mal auf einen Kaffee treffen? Aber diesmal ohne Akten und so?" fragte sie stockend und er nickte „Oder zum Tanzen? Haben sie heute Abend schon was vor?" Luisa schüttelte den Kopf „Na da hole ich sie halb acht ab. Ist das in Ordnung?" Luisa nickte und verabschiedete sich. Als sie wieder auf dem Flur stand, schaute sie noch einmal zurück. War das gerade wirklich passiert? Oder hatte sie nur einen Tagtraum gehabt?

Der Doktor saß noch an seinem Tisch und nun ging sie nach Hause. Aber eigentlich schwebte sie. Als erstes würde sie diese Liste verbrennen, damit nichts mehr an diese unsägliche Idee erinnerte. Dann stand sie vor dem Kleiderschrank und überlegte „Was ziehe ich bloß an?" das grüne Kleid fiel ihr wieder ein. Es leuchtete förmlich aus dem Schrank heraus. Würde es diesmal einen besseren Erfolg haben?

17. Kapitel

Endlich vereint?

Sie hatte es nicht geglaubt, und doch hatte der Doktor sich mit ihr verabredet. Zum Tanzen! Also wirklich diesmal ohne Aktenordner unter dem Arm. Seit Mittag hatte sie frei und war sicher schon ein paar Stunden damit beschäftigt, ihre Nervosität in den Griff zu bekommen. Nach einem Entspannungsbad, welches sie nicht wirklich entspannt hatte, kamen Haare und Makeup dran. Nun saß sie in dem grünen Kleid auf dem Sofa und stand aller paar Augenblicke auf, um auf die Uhr oder aus dem Fenster zu sehen. Der Zeiger kroch voran. Würde er kommen? Bestimmt! Hoffentlich!

Endlich war es 19:30 Uhr und es klingelte an der Tür. Sie flog zur Sprechanlage und war praktisch schon auf der Treppe. „Ich komme!" rief Luisa, als sie seine Stimme hörte. Wenig später stand sie vor ihm. Er trug einen schönen Anzug und hatte ein Parfum aufgelegt, das sie noch nie bei ihm gerochen hatte, dass aber sehr angenehm war. „Hallo Luisa. Sie sehen bezaubernd aus." sagte er und dabei hatte sie doch dasselbe an, wie beim letzten Mal, als er von ihr kaum Notiz genommen hatte. „Doktor Peters." sagte sie und er verbesserte sie „Einfach Jens." „Dann aber auch Du!" sagte sie lachend und er stimmte gern zu.

Luisa strahlte ihn an und er nahm ihre Hand. Ein schickes Cabrio parkte vor dem Haus und er hielt ihr die Tür auf. Kurze Zeit darauf sausten sie los. Sie verließen die Stadt und fuhren zu einer kleinen Disko auf einem Dorf. Die Atmosphäre dort war wirklich anheimelnd und Luisa gefiel es dort sofort. Die Musik hatte die richtige Lautstärke und das richtige Tempo, um so eng wie möglich zu tanzen. Man konnte sich sogar beim Tanzen unterhalten. Sie lag einfach in seinen Armen und es fühlte sich so gut an. All das Warten hatte sich gelohnt. Sie versank in seinen Augen und bewegte sich zur Musik. Alles andere war bedeutungslos. Nichts außerhalb von ihnen beiden existierte noch. So ging das sicher Stunden, doch Luisa hatte jedes Zeitgefühl verloren. Erst als die Musik verstummte und das Licht angeschaltet wurde, sah sie, dass es schon fast drei Uhr in der Früh war.

In fünf Stunden würde die Arbeit wieder beginnen, aber auch das war ihr egal. Im Moment war sie glücklich. Sie fuhren zurück zur Stadt und vor ihrem Haus bekam sie einen langen Kuss, der eigentlich für den Abschied gedacht gewesen war, der aber nach einer halben Stunde darin mündete, dass er sie in ihre Wohnung begleitete. Dort setzten sie den Kuss fort. Sie konnte sich einfach nicht von ihm trennen und ihm schien es genauso zu gehen. Schließlich landeten sie im Bett, nachdem sie sich gegenseitig ziemlich stürmisch ihrer Kleidung entledigt hatten. Nun genoss Luisa seine Streicheleinheiten auf ihrer Haut und gab sich dem schönen Gefühl hin, geliebt zu werden, von dem Manne, den sie selbst über alles liebte. Um sie herum tanzten Sterne und sie ließ sich fallen. Seine Hände sorgten für eine Gänsehaut auf ihrem Körper. Sie griff in den Nachtschrank und zog die Packung Kondome hervor, die da schon so lange auf ihren Einsatz gewartet hatten. Wortlos verstanden sie sich und er griff nach der Packung.

Als der Wecker klingelte hatte sie höchstens eine Stunde geschlafen. Sie sah auf den Mann, der neben ihr lag. Unter ihrer Decke, in ihrem Schlafzimmer. Vorsichtig, um ihn nicht zu wecken, stand sie auf und ging in ihr Bad. Das warme Wasser kam den Berührungen seiner Hände nahe und es setzte wieder eine Gänsehaut auf ihrem Körper ein. Wieder erinnerte sie sich an diese Nacht, die ja erst ein paar Minuten vorbei war. Noch vor ein paar Stunden hätte sie es nicht für möglich gehalten und nun war es doch passiert. Sie konnte ihr Glück nicht fassen. Doch wie sah das der Doktor? War sie für ihn nur eine Affäre gewesen? Oder mehr? Ein Abenteuer? Er hatte nichts dergleichen gesagt! Doch in seinen Augen hatte sie dieses Funkeln gesehen, dass sie noch nie darin bemerkt hatte. Als sie sich angezogen hatte, ging sie in die Küche und weckte den Mann danach mit zwei Tassen Kaffee in der Hand.

Er setzte sich auf, küsste sie lang und nahm ihr einen Kaffee ab. „Wie hast du geschlafen?" fragte er „Kurz, aber glücklich." war ihre Antwort und sie gab ihm einen Kuss. „Ich muss auf Arbeit." sagte sie und stand auf. „Schließt du dann zu?" fragte sie ihn und er nickte. Dann gab sie ihm den Schlüssel und lief zur Arbeit. Es war spät geworden und Marion wartete schon vor der Praxis. „Du strahlst ja so." sagte sie und Luisa lächelte sie an. Doch sie erzählte nichts. Vielleicht war es dem Doktor ja nicht egal, dass es dann alle wusste, also hielt sie es sogar vor ihrer besten Freundin geheim.

Wenig später saß sie an ihrem Tisch. Der Doktor kam später durch die Praxistür, sagte „Guten Morgen Schwester Luisa." und schob ihr heimlich den Wohnungsschlüssel über den Tisch zu. Aber Marion hatte es gesehen. Lächelnd verschwand die Freundin in ihrem Labor und Luisas Gesicht brannte vor Verlegenheit, weil sie sich ertappt fühlte.

Der Doktor rief sie in das Zimmer und sie schloss die Tür hinter sich „Hier in der Praxis sollten wir bei Schwester und Doktor bleiben. Oder was meinst du?" fragte er und sie nickte. „Wir sollten es nach einer Nacht noch nicht an das schwarze Brett schreiben." sagte sie und er schüttelte den Kopf „Aber vielleicht nach der Zweiten? Hast du heute schon was vor? Wie wäre es mit einer Bar? Einem Café? Oder wieder tanzen?" fragte er „Und wie wäre es bei mir zu Hause?" entgegnete sie „Dann bin ich halb acht da." sagte er, nahm ihr Gesicht in die Hände und küsste sie. „Und nun, Schwester Luisa, der erste Patient bitte." sagte er „Sehr wohl, Herr Doktor." antwortete sie lachend und deutete einen Knicks an.

Sie öffnete die Tür und rief „Frau Müller." Die alte Frau stand im Wartezimmer auf und kam ihr entgegen „Kindchen, heute gefallen sie mir viel besser. Hat der Doktor sie gelobt für ihre gute Arbeit?" fragte die Frau und Luisa nickte

„So etwas in der Art." sagte sie und schloss die Tür des Behandlungszimmers hinter der alten Frau, nicht ohne noch einmal einen Blick auf den Doktor zu werfen. Dann saß sie wieder hinter ihrem Tisch und nahm die Arbeit auf. Es war eine Menge zu tun, aber ihr fiel es ganz leicht. Sie hatte die Erinnerung an die letzte Nacht und die Vorfreude auf den nächsten Abend.

Zwar hatte er ihr noch immer nicht gesagt, dass er sie liebte oder es mit ihr ernst meinte. Aber das konnte ja noch kommen und seine Augen hatten ihr alles gesagt, was sie wissen musste. Sie waren nun ein Paar!

18. Kapitel

Traum ohne Ende?

Luisa schaute wieder auf die Tür, die sich gerade hinter ihm geschlossen hatte. Sie stützte den Kopf in die Hände und wartete darauf, dass Doktor Peters wieder heraus kommen würde. Seit einer Woche trafen sie sich nun jeden Tag nach der Arbeit und es war immer noch so schön wie am ersten Abend. Heute war mal wieder nicht viel los und so konnte sie sich die Zeit zum Träumen nehmen. Immer noch verlor sie sich in seinen himmelblauen Augen, denen sie nicht wiederstehen konnte. Irgendwas klingelte, aber sie ignorierte es. „Luisa? Du träumst schon wieder?" rief Marion, die hinter ihr stand. Luisa griff zum Hörer, machte die Termine klar und legte wieder auf. Schon wieder starrte sie auf die Tür. Konnte diese sich nicht wieder öffnen? Sie drehte sich zu Marion und fragte „Und? Wie läuft es mit dir und Leon?" und als Erklärung hob die Freundin ihre Hand und zeigte einen silbernen Verlobungsring. „Na das ging aber schnell." sagte Luisa erstaunt. „Na ja. Wenn es der Richtige ist!" antwortete Marion lachend und Luisa nickte. „War Jens auch der Richtige?" dachte sie sich und sah wieder zur Tür hinüber.

Gerade öffnete sich die Tür und er fragte „Schwester Luisa, können sie mir einen Kaffee bringen?" Sie stand auf und nickte, dann war die Tür wieder zu. „Ich muss." sagte sie lachend zu Marion und ging in das Schwesternzimmer. Mit einer Tasse Kaffee lief sie zurück, klopfte und schloss die Tür des Behandlungszimmers hinter sich. „Mein Schatz, hier ist dein Kaffee." sagte sie und er küsste sie. „Ich glaube, die wissen es schon alle. Müssen wir da wirklich beim Sie bleiben Herr Doktor?" fragte sie lachend. Und er nickte „In der Praxis schon. Zu Hause nicht!" erwiderte er, nun ebenfalls lachend. Dann zeigte er auf den Befund der Frauenärztin. „Ich bin gerade erst dazu gekommen ihn zu lesen. Alles gut." „Musste das wirklich sein?" fragte Luisa und wurde immer noch rot bei dem Gedanken an die Untersuchung. „Ich mochte dich vom ersten Tag an. Und nach dem, was mit Caroline passiert ist, wollte ich sicher sein, dass es auch dir gut geht." entgegnete er und heftete das Blatt ab. „Hättest du das auch nicht anders zeigen oder sagen können?" fragte Luisa und setzte sich auf die Kante seines Schreibtischs.

„Vielleicht. Aber ich war einfach zu schüchtern dazu." antwortete er und Luisa sagte überrascht „Du?" und er nickte. „Ja. Erst der Umstand, dass ich dich zweimal wiederbeleben musste, hat mir gezeigt, wie wichtig du für mich bist und der Rat meiner Schwester hat mir dann ganz die Augen geöffnet." sagte er und Luisa stand auf Sie beugte sich zu ihm herunter und küsste ihn erneut, bevor sie aus dem Behandlungszimmer hinaus ging. Sie zog die Tür hinter sich zu. „Ganz schön lange, für einen Kaffee bringen!" stellte Marion lachend fest und verschwand in der Tür des Labors. Gerade, als sich Luisa auf ihren Platz setzen wollte, kam Caroline in die Praxis. Sie lief auf die Freundin zu, umarmte Luisa und fragte „Kann ich rein?" dabei zeigte sie auf die Tür ihres Bruders. Luisa nickte und Caroline ging hinüber.

Wenig später kam Caroline wieder heraus. „Ich danke dir für alles." sagte Luisa, als die Freundin sie wieder umarmte. „Nein. Ich danke dir. Heute gehe ich in das Krankenhaus und morgen ist dann die Narbe weg. In der nächsten Woche geht es mit Alexej zu einem Fotoshooting nach Mexiko. Er ist auch mein Fotograf!" sagte Caroline. Luisa sah schon die Freude über diese Arbeit in den Augen der Freundin. „Ich drückt dir die Daumen für deine OP." sagte Luisa und setzte sich auf ihren Platz. Caroline verließ die Praxis und zog die Tür hinter sich zu. Im selben Moment öffnete sich die Tür des Behandlungszimmers und der Doktor rief „Schwester Luisa?" sie sah auf und er winkte sie zu sich. Als sie die Tür hinter sich geschlossen hatte fragte er sie „Möchtest du meine Frau werden?“ für einen Moment war sie baff und wusste nicht, was sie sagen sollte. Dann sagte sie „Ja!“ und er steckte ihr einen Verlobungsring an den Finger. Luisa fiel ihm um den Hals und sagte „Ich liebe dich.“ „Ich liebe dich auch.“ sagte er und dann setzte er lachend hinzu „Und nun schnell wieder an die Arbeit.“

Luisa verließ strahlend das Zimmer und lief Marion über den Weg. Lachend hob sie die Hand mit dem Ring hoch und die beiden Freundinnen fielen sich um den Hals. „Machen wir eine Doppelhochzeit?“ fragte Marion lachend und Luisa nickte „Wenn Jens und Leon zustimmen.“

ENDE

Von Uwe Goeritz im Verlag BoD (Books on Demand, Norderstedt) ebenfalls erschienene Bücher:

„Cecilia im Bann der Liebe"
ISBN lautet: 978-3-7392-4583-6
Altersempfehlung: ab 16 Jahre

„Was ist Liebe und warum kann sie uns in ihren Bann ziehen? Kann Mann oder Frau das mit dem Kopf entscheiden? Oder ist da eine rationale Entscheidung völlig unnütz? Cecilia, die Heldin dieser Geschichte, beginnt ihrem Kopf zu folgen, wo sie ihrem Herz hätte folgen sollen.

Gibt es für sie die Chance, diese Entscheidung zu revidieren? Oder bleibt sie allein und unglücklich zurück?"

112 Seiten für 6,49 Euro

„Für Immer an deiner Seite"
Die ISBN lautet: 978-3-7412-8407-6
Altersempfehlung: ab 16 Jahre

„Eine junge Frau schaut sich um und blickt zurück auf ihr Leben. „Wann ist die Liebe eigentlich erloschen?" fragt sich Maria, die Heldin dieser Geschichte. Im täglichen Kleinklein des Lebens hat sie sich viel zu weit von ihrem Mann entfernt. Oder er sich von ihr? Gibt es noch eine Chance?

Ist noch etwas Glut unter der Asche ihrer Liebe und kann der Wind der Veränderung die Flamme ihrer Liebe neu entflammen? Oder verweht der letzte Funken für immer und es beginnt ein neues Leben? Mit einem anderen?"

112 Seiten für 6,49 Euro

„Die Liebe ist (k)ein Ponyhof"
Die ISBN lautet: 978-3-7412-7920-1
Altersempfehlung: ab 16 Jahre

„Manchmal geht es in der Liebe zu wie in einem Ponyhof. Zwei Treffen sich und trennen sich wieder, oder sie bleiben zusammen für immer und bilden eine kleine Familie. Ramona, die Heldin dieser Geschichte, liebt ihr Pflegepferd Rodrigo über alles.

Außer ihm hat sie keine Freunde, weder auf Arbeit noch privat klappt es bei ihr.

Durch Rodrigo ist sie mit der Welt verbunden und durch den Hengst findet sie ihr Glück. Im Ponyhof und auch in der Welt."

116 Seiten für 6,49 Euro

„Griechische Küsse"
Die ISBN lautet: 978-3-7448-7274-4
Altersempfehlung: ab 16 Jahre

„War ihr ganzes bisheriges Leben eine einzige Lüge? Diese Frage stellt sich Jette, die Heldin dieser Geschichte. Nach dem Tod ihrer Mutter findet sie Hinweise darauf, dass die Geschichten, die ihr die Mutter über ihren Vater erzählt hatte, so nicht ganz stimmten.

Sie macht sich auf die Suche nach ihm und beginnt eine Reise, auf den Spuren der Mutter, in eine Zeit, in der ihr Leben einst begann. Auf Kreta stolpert sie Grigori in die Arme und es scheint so, als ob die Geschichte ihres Lebens vollkommen neu geschrieben wird. Oder doch nicht? Macht sie die Fehler ihrer Mutter ebenfalls? Wiederholt sich die Geschichte?"

116 Seiten für 6,49 Euro

„Liebe hinter Klostermauern"
Die ISBN lautet: 978-3-7448-8973-5
Altersempfehlung: ab 16 Jahre

„Ein Leben wie im Kloster? Wollte sie das wirklich? Das fragt sich Karla, die Heldin dieser Geschichte, als sie auf Drängen ihrer Eltern in eine Hauswirtschaftsschule gehen muss, die sich in einem Kloster befindet. Doch dort lernt sie Rebecca kennen und verliebt sich in die gleichaltrige Frau.

Kann das gut gehen oder verstößt sie damit zu sehr gegen die Konventionen des Klosters und der Welt? Bleibt sie alleine zurück oder findet sie doch noch ihr Glück?"

120 Seiten für 6,49 Euro

Aktuelle Informationen und Neuerscheinungen finden sie immer im Internet unter:

www.Goeritz-Netz.de